KB091762

평화가 온다

평화가 온다
한국전쟁 70주년 기념 소설집

서해문집 청소년문학 009

초판 1쇄 발행 2020년 6월 25일
초판 2쇄 발행 2021년 12월 20일

지은이   류재향 한정영 박미연 강리오 문상온
펴낸이   이영선
책임편집   김종훈

편집   이일규 김선정 김문정 김종훈 이민재 김영아 김연수 이현정 차소영
디자인   김회량 이보아
독자본부   김일신 정혜영 김민수 박정래 손미경 김동욱

펴낸곳 서해문집 | 출판등록 1989년 3월 16일(제406-2005-000047호)
주소 경기도 파주시 광인사길 217(파주출판도시)
전화 (031)955-7470 | 팩스 (031)955-7469
홈페이지 www.booksea.co.kr | 이메일 shmj21@hanmail.net

ⓒ류재향 한정영 박미연 강리오 문상온, 2020
ISBN 979-11-90893-00-8 43810

이 도서의 국립중앙도서관 출판예정도서목록(CIP)은 서지정보유통지원시스템 홈페이지(http://
seoji.nl.go.kr)와 국가자료공동목록시스템(http://www.nl.go.kr/kolisnet)에서 이용하실 수
있습니다.(CIP제어번호: CIP2020023282)

서해문집
청소년문학
009

평화가 온다

한국전쟁 70주년 기념 소설집

류재향
한정영
박미연
강리오
문상온

서해문집

차례

한반도 특급열차 2050

류재향 대학에서 국문학과 스토리텔링, 영문학을 공부했다. 지은 책으로는 동화
《욕 좀 하는 이유나》등이 있다. 2020년 웹진《비유》28호에 단편 〈우리에게 펭귄이
란〉을, 계간《창비어린이》69호에 단편 〈달팽이가 간다〉를 발표했다.

차에서 내리자 양쪽 귀로 소음이 쏟아져 들어왔다.

"정말 배웅 안 해 줘도 돼?"

엄마가 차 트렁크에서 여행 가방을 꺼내 주며 물었다. 엄마는 쓰고 있던 선글라스를 벗어 적갈색 쇼트커트 머리 위에 얹으며, 눈을 살짝 찌푸렸다.

"괜찮아. 새삼스럽게."

나는 가방 손잡이를 받아 쥐고는 인도로 올라섰다. 뒤차가 가볍게 경적을 울렸다. 엄마는 콧김을 내뱉고는 다시 차에 올라탔다. 차가 서서히 움직이기 시작하며 조수석 창문이 내려갔다.

"연락해. 조심하고!"

보통은 '연락 자주 해'라고 할 텐데. 엄마는 할 말이 더 있는 얼굴이었지만, 사이드미러를 흘끗 쳐다보고는 익숙한 버튼을 눌렀다. 파란색 스포츠카는 뚜껑이 열림과 동시에 서울역 주변의 소음을 삼키며 멀어졌다. 사람들이 차가 떠나간 방향과 나를 번갈아 홀 끔거렸다.

늦봄의 속삭임 같은 아지랑이가 아스팔트 위로 피어올랐다. 나는 갑자기 목이 탔다. 가방 손잡이를 잡아 뽑은 뒤 서울역 입구로 연결되는 에스컬레이터 쪽으로 향했다. 느닷없이 무언가 폭발한 듯 커다란 소리가 들려왔다. 급격한 소리 변화를 감지해 순간 차단을 해 주는 최신형 보청기를 끼고도, 주변의 소음 데시벨이 높으면 이명 때문에 정신이 아득해지곤 했다. 고개를 드니 누군가 확성기에 대고 고래고래 소리를 지르고 있었다. 공기를 가르는 진동이 관자놀이를 때리는 듯했다.

"남북 종단 열차 개통을, 목숨 걸고 반대한다! 저들에게 이 나라를, 갖다 바칠 셈인가!"

옆에서는 형형색색의 한복을 입고 올림머리를 한 여성들이 일사불란하게 춤을 추고 있었다. 양옆으로 거칠게 휘갈긴 글자들이 깃발에 박혀 흔들렸다. 그 앞으로 경찰 여럿이 무표정한 얼굴로 나란히 서 있었다. 나는 걸음을 재촉했다. 가방 바퀴가 바닥에 끌리는 소리가 몸을 타고 올라오는 듯했고, 확성기를 통해 나오는 남자의 새된 목소리가 음악 소리와 뒤섞여 머리를 울렸다. 겨우 올라탄 에스컬레이터의 속도는 한없이 더뎠다.

서울역에 들어서니 취재진이 북적이고 있었다. 나는 안내 데스크를 찾아 이름을 말한 뒤, 여권과 청소년증을 보여 주고 탑승 등

록을 했다. 마스크를 착용한 안내원이 이름표와 서류봉투, 물 한 통을 건네며 무언가 말하는 것 같았다. 말소리가 주변 소음에 묻힌 데다가 마스크에 가려 입 모양도 볼 수 없었다. 나는 머리칼을 넘겨 귀에 걸린 투명한 선을 가리키고 손가락으로 허공에 'X' 표시를 했다. 안내원은 잠시 머뭇거리더니 봉투를 열어 그 안에 든 좌석 티켓과 식당 칸 식권, 안내책자를 확인시켜 주었다. 그는 마스크를 벗고 '한반도 2050' 앱을 설치하면 편할 거라고, 과하다시피 입 모양을 보여 주며 덧붙였다. 나는 이름표 목걸이를 목에 걸고 받은 것들을 가방에 주섬주섬 챙겨 넣었다.

엄마와 서울에 올라온 뒤로 혼자서도 기차를 타고 부산 외가를 오갔기 때문에 서울역은 충분히 익숙했다. 나는 편의점에 들러 간식거리를 산 뒤 출발 층으로 가기 위해 역사 한복판을 가로질러 걸었다. 미국과 일본의 유명 방송국 로고가 눈에 들어왔다. 중국과 러시아 방송국 카메라도 보였다. 국사 시간 '한국전쟁' 단원에 앞다퉈 등장한 나라들의 취재진이 오늘 같은 날 한꺼번에 몰려와 있는 모습에 왠지 씁쓸했다. 그들은 경쟁적으로 시민들을 인터뷰하고 있었다.

나는 엄마가 이 자리에 왔으면 정말 못 견뎠겠다는 생각이 들었다. 엄마는 사람이 많고 시끄러운 걸 유난히 싫어했다. 엄마는 우리가 이 역사적인 순간의 일원이 되는 것을 못마땅하게 여겼다. 그나마 내가 가는 걸 받아들이지 않았다면 어찌 될지 모를 일이었다. 어쨌든 처음으로 가는 외국여행이나 마찬가지인 데다, 학교에서는 공식적으로 '청소년 특파원'이라는 자격까지 부여받아 생활기록부에 굵게 한 줄 올리게 되니 나로서는 마다할 이유가 없었다. 게다가 엄마가 아니라 외할머니와 단둘이 가다니 더욱 좋았다. 외할머니는 베개 같고 이불 같은 존재니까 말이다.

기차의 최종 목적지인 베를린에 도착하면 며칠간 공식적인 행사와 자유 일정을 소화한 뒤 돌아오기로 되어 있었다. 귀국할 때는 비행기로 블라디보스토크까지 날아와 열차로 갈아탄 뒤, 부산까지 내려가는 일정이었다. 올해 초, 그동안 비어 있던 강릉에서 제진까지 구간에 철로가 완공되었다고 한다. 동해선의 빈 구간이 연결되면서 '한반도 특급열차 2050' 개통이 완성되는 셈이었다. 이 모든 일정과 승객 구성 같은 것이 너무 "쇼스럽다"며 불편해 할 뿐, 엄마는 외할머니의 소원 따위에 개의치 않았다. 내가 가지 않기로 했다면, 아마 외할머니는 기차에 오를 수 없었을 거다.

나는 기자들이 말을 걸고 무언가 물어보면 성가셔질까 봐 고개를 숙이고 걸었다. 문득 올려다보니, 메인 전광판에 현란한 글자가 춤추듯 지나가는 게 눈에 들어왔다.

> 역사적인 순간, 한반도 특급열차 2050과 함께 _코레일

통일을 향해 가는 마중물, 철마가 달립니다. _통일부

2030년 6월 1일부로 서울역은 다시, 국제선. _서울시

홍보 문구가 경쟁하듯 지나간 뒤 승강장 번호, 출발 시각과 함께 '베를린행' 글자가 선명하게 떴다. 누가 먼저랄 것도 없이 박수를 치고, 너도나도 휴대전화기를 들어 전광판을 촬영했다. 배웅객들과 구경꾼들의 환호와 취재단의 움직임에서 흥분과 설렘이 고스란히 느껴졌다. 나는 이런 소란이 영 편치 않아, 어서 열차에 올라타 할머니를 만나고 싶었다. 그러다 바로 뒤에서 카메라를 향해 이야기하는 기자의 모습이 대합실 쪽 대형 스크린에 그대로 나오고 있는 모습을 발견하고는, 잠시 서서 구경하기로 했다. 화면 한 귀퉁이에 비치는 내 뒤통수를 보고 나도 모르게 손을 흔들어 보았다.

"역사적인 순간입니다. 작년 봄, 제일차 한반도 경제개발 오개년 계획 발표와 동시에 본격적인 남북 경제협력의 첫 단추로서, 이천오십 년 통일을 목표로 개통되는 '한반도 특급열차 이공오공'이 전 세계의 뜨거운 관심 속에 드디어 모습을 드러냅니다. 작년 이산가족 상봉행사에서 사전 만남에 참석한 승객 일부와 관계자 및 취재진을 태운 열차가 부산역에서 두 시간 전에 출발했습니다. 서울을 거쳐 경의선을 따라 평양에 들러 북한 동포들을 태운 뒤, 국경을 넘어 대륙 노선을 따라 달리게 됩니다. 이번 운행은 북한 내 경

의선 철로의 문제 등을 남한의 기술력으로 해결해 운행 속도를 높이는 데 성공하며 극적으로 성사되었습니다. 분단 이후 오늘만을 기다려 온 철마는 통일의 염원을 싣고 북녘 땅을 거쳐 중국으로 넘어가게 됩니다. 아시아를 관통하여 유럽 대륙을 향해 힘차게 달리게 되며….”

기자의 장황한 설명에 이어 누군가 인터뷰를 시작했다. 90대 후반의 노모를 환갑 넘은 아들이 모시고 왔다고 했다. 남한에 남은 거의 마지막 실향민이라는 말에, 나는 작년 겨울에 돌아가신 외증조할머니를 떠올렸다. 살아 계셨다면 올해 아흔일곱이었다. 나와는 여든 살 차이가 나는 셈이었다.

가만히 떠올려 보면, 내 최초의 기억은 외가 마당에서 누군가의 손을 잡고 꽃향기를 맡던 순간과, 강아지에게 밥을 주는 할머니를 바라보는 장면 같은 것들이다. 외할머니는 그게 자기가 아니라 외증조할머니일 거라고 했다. 외증조할머니는 늘 무언가에 쫓기는 사람 같았다. 휴전 이후 혼란기에 남편이 실종되었는데, 그 일로 한동안 ‘무서운 사람들’로부터 괴롭힘을 당했다고 했다. ‘월북’이라는 단어를 교과서에서 보았을 때 나는 나도 모르게 움츠러들었다. 외증조할머니가 평생 안고 산 불안과 원통함이 그 두 글자에서 번져 나오는 것만 같았다.

외증조할머니는 세상을 떠나기 직전 몇 달간 치매를 앓았는데, 내내 누군가를 부르고 찾았다. 의아하게도 그 대상은 주로 남편이 아니라 이북에 있다는 쌍둥이 언니였다. 언젠가 외할머니가 땋아준 머리를 한쪽으로 늘어뜨리고 옥수수를 먹고 있는데, 외증조할머니가 갑자기 내 손을 붙잡으며 큰소리로 외쳤다.

"옥자 언니, 옥자 언니, 옥분이가 왔어요. 옥분이랑 같이 가요. 나 숨기지 마요, 언니."

내가 놀라서 옥수수를 떨어뜨리자, 외증조할머니는 울면서 미안하다고 하더니 옥수수를 반으로 잘라 한쪽은 내게 주고 한쪽은 자신의 바지 주머니에 넣었다. 그런가 하면 초점 없는 눈으로 나를 붙들고 흔들며 다짜고짜 묻기도 했다.

"나쁜 년. 네 동생 어디다 버렸어? 왜 너만 왔어!"

나는 그 말의 의미를 되새김질하듯 생각해 봤다. 외할머니는 그런 자신의 엄마를 황급히 떼어 내며 "또 이런다, 또 이런다, 할매"라고 중얼거렸다. 나는 외할머니가 어쩌다 곤혹스러운 눈빛으로 나를 보는 게 싫었다. 평소에 나를 바라보는 외할머니의 눈빛은 이 세상에서 유일하고도 완벽한 처방약이었다.

옛 생각에 빠져 있던 나는 합주단의 연주 소리와 함께 울려 퍼지는 안내방송을 듣고 정신을 차렸다. 사람들의 환호와 배웅을 받으며 승강장으로 내려가는 에스컬레이터를 탔다. 커다란 소리들이 뒤섞이자 또다시 귓속이 웅웅거렸다. 나는 보청기를 빼 버렸다. 자동 소음 조절 기능이 무용지물이었다. 선로에는 여덟 량의 열차가 천천히 진입하고 있었다. 'KOREA'의 알파벳 한 글자 한 글자와, 하얀색 바탕에 하늘색 한반도 모양이 한가득 그려진 열차 윗부분을 드론 몇 대가 촬영하고 있었다.

열차 옆쪽으로는 대통령과 보좌관, 취재진들과 정부 관계자들이 일렬로 서 있었다. 나는 인파 속에 잔뜩 긴장한 채 줄을 섰다. 여행 캐리어를 끌고 혼자 어정쩡하게 선 내 모습을 흘끗거리는 시선이 느껴졌다. 기차에 타면 곧 외할머니를 만날 거란 생각에 눈을 꼭 감았다 뜨고, 티켓을 다시 한 번 확인하며 보청기를 도로 꼈다.

8번과 7번차를 지나쳐 6번차에 오르니, 평소에 타던 기차 내부와 전혀 다른 모습이 눈앞에 펼쳐져 적잖이 놀랐다. 일주일간 유라시아 대륙을 횡단하며 숙식이 가능해야 해서 그런지 오밀조밀한 구조로 이루어져 있었다.

"한아야! 아이고, 여! 여!"

나는 기차 안에 붙어 있는 좌석 번호를 확인하기도 전에 친숙한 목소리에 고개를 들었다. 앞쪽 자리에서 외할머니가 양팔을 번쩍 들어 손을 흔들고 있었다. 은발 곱슬머리에 짙은 보라색 모자를 비스듬히 쓴 모습이 왠지 귀여워 나도 모르게 웃음이 났다. 몇 달 만의 이토록 특별한 상봉이라니. 간절한 듯 양팔을 내밀고 있던 할머니는 내가 다가서자 와락 품에 안았다.

"아이고, 내 새끼. 내 강아지."

"할매, 이 모자는 뭔데."

나는 볼에 빰을 부비는 할머니의 익숙한 냄새에, 요란한 환대로 인한 쑥스러움도 잠시 참아 보기로 했다. 할머니는 내 손에 든 비닐봉지를 받아 들고 손을 잡아끌었다.

"앉자. 여 앉자."

좌석은 상당히 넓었다. 칸막이를 치고 침대로 개조할 수 있는 형태라 그런 듯했다. 접이식 테이블에는 제법 두터운 안내책자가 놓여 있었다. 열차 내부 소개, 행사 일정, 경유지와 행선지 등에 대한 설명이 빼곡했다. 대통령과 관계 부처장의 메시지와 독일 수상의 축하 편지, 남북 철도 연결 사업의 역사 등이 들어 있었다. 안내책자를 뒤적뒤적 넘기다 베를린 브란덴부르크문 사진을 들여다보는 내 모습을 할머니는 부담스러울 정도로 꼼꼼히 살펴보았다.

"보자, 우리 애기. 어마야, 고새 또 여드름 났나. 이 머리는 또 뭐꼬?"

할머니는 손을 뻗어 얼마 전 보라색으로 염색한 내 머리카락을 들추더니 볼을 쓰다듬었다. 나는 그러려니 하고 양 볼을 맡겼다. 늘 그렇듯 할머니는 오랜만에 나를 볼 때마다 한없이 애처로운 표정으로 내 얼굴 구석구석, 양쪽 귀를 들여다보고 만지려 들었다. 초등학교 졸업할 무렵까지 할머니 손에서 컸기에, 유일하게 피하지 않는 손길이었다. 사춘기도 지났는데 제발 그러지 말라고 엄마한테 매번 핀잔을 들어도, 할머니로서는 어쩔 도리가 없는 일종의 상봉 의식이었다. 엄마가 운영하는 작은 회사의 본사를 서울로 옮기게 되고, 내 중학교 입학을 앞두고 서울로 아주 올라오던 날, 할머니는 나를 붙들고 다시 못 볼 사람처럼 눈물을 쏟았다. 할머니의 애정 표현은 유난하고 요란했지만 내게는 아무리 퍼먹어도 질리지 않는 듯한 충만함을 주었다.

총 여덟 량의 열차는 중간 두 칸에 이르는 남측과 북측 식당 칸을 중심으로 미리 선발된 양측 승객 칸, 기자단, 관계자와 정부 부처 사람들의 객실이 순서대로 이어져 있었다. 평양역에서 북측 승객들을 마저 태우고 나면 본격적으로 이산가족 상봉행사가 시작된다. 열차가 한반도를 벗어나 TCR노선(중국대륙을 관통해 유럽까지 이어지는 철도 노선)을 따라 달리는 동안, 일주일에 걸쳐 수차례의 회합이 이루어진다는 건 미리 들어 알고 있었다.

우리 가족은 실향민인 외증조할머니가 돌아가시면서 초청 승객 명단에서 빠질 뻔했다. 그래도 할머니가 이미 사전 상봉행사에 참석했고, 북측 가족의 간곡한 요청이 받아들여져 예정대로 탑승하게 되었다. 우리는 외증조할머니 오빠의 가족들을 만나기로 되어 있었다. 할머니는 외사촌들을 만나게 되는 셈이었다. 그 전에는 얼굴도 본 적 없고 존재도 몰랐지만, 모친의 유지를 받든다는 사명으로 여기는 것 같았다. 내게는 어쩌면 외계인이나 마찬가지인 사람들이라서 그런지, 실감이 나지 않고 묘한 기분이 들었다.

내게는 친척이 한 명도 없었다. 가족이라 부를 수 있는 사람은 오직 엄마와 외할머니, 그리고 돌아가신 외증조할머니뿐이었다. 남에게 얘기할 때 '외'라는 말을 붙이는 것조차 어색했다. 할머니는 오직 그냥 할머니일 뿐이었다. 외할아버지 쪽 가족과도 연이 끊긴 거나 마찬가지였다. 지하철에서 옆자리에 앉은 사람이 외할아버지의 친척일지도 모른다는 상상은 해 봤지만, 설령 그렇다 해도 그 사람은 그저 타인일 뿐이었다.

열차가 달리는 모습은 물론이고 내부에서 진행되는 각종 행사나 인터뷰 장면 일부는 온라인에 생중계된다고 들었다. 나는 문득 궁금해져서 소셜미디어 앱을 켰다. 한반도 특급열차 2050 관련 생중계 링크, 섬네일 이미지 등이 가득했다. 벌써 '밈'까지 돌아다니고 있었다. 화면을 넘기다 보니 기사에 달린 다양한 댓글이 눈에 들어왔다.

한반도 특급열차 개통되면 헬게이트 열리는 거 시간문제임.

└ 불바다도 시간문제

영화 한 편 나오겠네. "지옥행" ㅋㅋㅋ

철마야 그토록 달리고 싶었니?

└ 철마 소원은 들어주고 우리는 나 몰라라 하는 정부

피 같은 세금으로 공짜 유럽 여행? 남아 있는 이산가족이 얼마나 된다고. 이건 특혜다.

자나 깨나 지뢰 조심

"참, 악플도 다채롭다."

내가 콜라 뚜껑을 따며 중얼거리자, 할머니는 못마땅한 얼굴을 했다.

"니, 이 썩는다."

"쫌~. 주스나 드세요, 할매."

나는 생긋 웃으며 석류주스 뚜껑을 따 내밀었다. 할머니가 뭐라고 한마디 더 하려는데, 반 정장을 입은 남자가 다가왔다. 목에 건 기자단 목걸이를 보여 주며 자신을 소개했다.

"휴전선 넘어가기 전에, 승객들 인터뷰를 간단히 따고 있어요. 괜찮으실까요?"

나는 할머니와 동시에 고개를 끄덕였다. 식당 칸은 아직 막아놨다며, 여기서 진행하자고 했다. 할머니는 건너편 빈자리에 앉는 기자를 향해 연신 고개를 주억거렸다.

"손녀 분 먼저 해도 되죠? 녹음 좀 하겠습니다."

기자는 휴대전화 녹음 기능을 켰다. 객실 탑승자들의 기본적인 신상기록은 기자단에도 공유된 상태였고, 인터뷰에 협조하는 조건에도 이미 서명을 했다. 나는 마뜩잖았지만 동의한 이상 어쩔 수 없는 일이었다.

"강한아 양? 음, 그런데 두 분만 타신 거예요? 부모님은 왜 안 오셨어요?"

기자의 질문에 나는 적당한 대답을 고르느라 잠시 뜸을 들였다. 이 질문은 나 자신에게도 오랫동안 의문이었다. 비슷한 질문으로는 "부모님은 뭐 하시느라?" 혹은 "졸업식인데 아빠는 왜 안 오셨어?" 정도가 있다. 승객 명단에서 인적 사항을 들여다보던 그는 아차 싶었는지 어색하게 웃었다. 익숙한 표정. 이번에는 또박또박, 천천히 물었다.

"인터뷰 괜찮나요? 컨디션 어때요?"

"괜찮아요. 알아들었어요. 엄마는 일정이 안 돼요."

"내 딸아가, 그니까 야 엄마가 조그만 사업을 해가. 아주 바빠요. 자리를 못 비우니깐."

할머니는 괜히 안절부절못하며 말을 보탰다. 기자는 아빠에 대해서는 묻지 않았다. 사실 상관은 없었다. 별로 아는 게 없으니까. 나는 아빠가 내가 어릴 적에 죽은 걸로 알고 있다가, 실은 엄마와 헤어졌다는 사실을 우연히 알게 되었다. 그리고 그 일에 대해서 깊이 생각하지 않으려고 했다.

내 기억 속 아빠는 처음부터 없는 사람이었다. 그러나 가끔씩 찾아오는 알 수 없는 외로움, 명치끝이 뻐근해지는 통증에 종종 숨을 크게 들이마시고 내뱉어야 할 때마다 이 허탈감의 원인을 떠올릴 수밖에 없었다. 엄마가 술을 마시고 통곡을 할 때면 나는 보청기를 빼고 모로 누워 베개에 얼굴을 묻었다. 세상에 자동 음소거 기능이 존재한다면, 엄마의 울음소리가 1순위라고 생각했다. 엄마는 잠에서 깨어 나를 낯설게 바라보기도 했다. 말을 걸면 말없이 돌아누워 잠 속으로 달아났다. 불현듯 밀려드는 무안함과 당혹감에 나는 몸져누운 아기처럼 맥을 못 추고 몸을 떨다 잠들곤 했다. 엄마는 내게 아빠 얘기를 한 적이 없다. 아빠에 대해 가장 명확하게 말한 건 한 번뿐이다. 초등학교 저학년 때까지 왜 나는 아빠가 없냐고 물었던 숱한 날들 가운데 하루였다.

"우리 집안 내력일 수도 있지. 근데 정말, 이 나라에는 아빠 없이 자란 애들 많아. 옛날부터 쭉 그랬어."

이 말을 할 때 엄마의 눈빛이 흔들렸다. 나는 엄마마저 없는 아이가 될까 봐 두려웠다.

기자는 내게 이 열차에 어떻게 타게 되었는지, 어떤 기대감을 갖고 있는지 물었다. 나는 그저 얼떨결에 가게 된 거나 마찬가지였지만 그렇게 말할 수는 없었다.

"외증조할머니께서, 음, 실향민이셨고요. 저희 가족이 상봉행사 초청 대상이 되면서, 저도 포함이 되었는데⋯."

내가 말끝을 흐리자 할머니가 대답을 가로챘다.

"아이고, 야가 수줍음이 많아요, 기자님. 우리 한아는 어릴 적에 내가 길렀다 아입니까. 또 선정 과정에서 우리 집 이런저런 사정도 감안해 줘가, 또⋯."

할머니 설명이 길어지자 이번에는 기자가 말을 끊었다.

"그렇군요. 그럼 한아 양, 혹시 통일에 대해 십 대로서 어떤 기대를 갖고 있을까요? 또래 친구들은 뭐라고 말하던가요?"

나는 친구가 별로 없었다. 그나마 내 소식에 관심을 갖는 몇몇은 그냥 '공짜로 유럽 가서 좋겠다', '열차 테러 조심해라', '북한 사람이랑 인증샷 찍어 올려라', '라이브 켜면 안 돼?'라고 말하는 정도였다. 애들의 반응은 호기심 외 별게 없었다. 나라도 다를 게 없을 것이다.

"음, 지금부터 이십 년간 적극적인 경제협력 단계를 거쳐서, 이천오십 년에는 정말 통일이 돼서 남북한 사람들이 자유롭게 오갈 수 있으면 좋겠어요."

나는 외워 온 대로 기계적으로 대답했다. 기자는 감탄한 얼굴이었지만 딱히 더 물을 건 없어 보였다. 그때 식당 칸을 이용할 수 있다는 안내방송이 나왔다. 그는 고맙다며 할머니는 다른 기자가 취재할 거라고 말하고는 90대 노모 일행 쪽으로 건너갔다.

잠시 후 또 다른 기자가 우리 자리로 찾아왔다. 뉴스에서 본 적 있는 여성 기자였다. 그는 소속을 밝힌 뒤 인사를 건네며 취재 요청을 했다. 우리는 식당 칸으로 옮기기로 했다.

나는 기자를 따라 할머니와 함께 5호차로 향했다. 다른 사람들도 삼삼오오 줄을 서고 있었다. 둘러보니 내 또래는 거의 보이지 않았다. 열차가 조금씩 덜컹거렸다. 서울에서 경부선으로 내려가기만 해 본 나는 익숙하면서도 낯선 듯한 바깥 풍경을 잠시 바라보다 시선을 거뒀다. 문득 지금 상황이 실감이 나지 않았다. 할머니는 긴장되는지 내 손을 꼭 잡았다.

"내, 씰데없이 떨린데이."

"할매, 촌시럽네."

나는 덤덤한 척했지만 이상하게도 맥박 소리가 머리 전체에 울리는 것만 같았다. 열차 칸을 옮기기만 하는데도 한참 떨어진 거리를 건너기 위해 발을 내딛는 것만 같았다. 괜히 귀를 만지작거리다 식당 칸 직원이 안내해 주는 테이블 자리에 가 앉았다. 기자는 녹음을 하며 동시에 메모를 할 수 있는 태블릿 피시를 꺼냈다. 할머니 이름표를 보고 자신의 태블릿 노트 화면을 확인했다.

"이수자 님 되시죠? 연세가, 오십오 년생이시네요."

"네. 일흔여섯."

"굉장히 고우세요. 육십 대인 줄 알았어요."

"맞나. 오데 가믄 오십 대로도 본다 아입니까."

나는 피식 웃었다. 기자는 나보다는 할머니의 이야기를 듣고 싶어 하는 눈치였다. 할머니한테서 기삿거리를 끌어내기 더 쉬운 건 당연했다. 나로서는 차라리 다행이라고 생각했다.

"이 여사님은, 부산에 거주하시죠? 고향이?"

"태어나긴 김포에서 났지. 조강리라고, 바로 위가 황해북도 개풍군 아입니까. 우리 어마이가 거기 사람이오."

"네. 음, 부군께서는…. 여쭤봐도 될까요?"

할머니는 잠시 머뭇거리더니 손수건을 꺼냈다.

"요 칸은 와 이리 덥노."

기자는 그런 할머니를 기다려 줬다. 나는 할머니가 질문에 불편해진 건가 싶어 신경이 쓰였다.

"할머니, 마실 것 좀 드릴까?"

"됐다. 방금 주스 마셨잖아. 니가 줘가."

"손녀 분이 착하네요."

나는 기자와 눈이 마주치자 괜히 쑥스러워 고개를 숙였다. 기자는 다시 할머니에게 시선을 고정했다. 충분히 기다렸다고 여겼는지, 차분한 음성으로 말을 이었다.

"사별하셨다고 나와 있네요. 이렇게 한창이신데. 그럼, 언제쯤?"

"하마(벌써) 오십 년 됐지. 내 서방이라도 기억도 안 납니다. 우째 생겼는지."

"네. 어휴, 너무 일찍 보내 드리셨네요."

할머니는 눈을 껌뻑이고는 한숨을 길게 내쉬었다.

"반백 년 아이가. 내 그때 얼라(아이)도 들어서 있지 않았나."

"네?"

"야 엄마. 배 속에 있었지. 유복녀 아입니까."

기자는 고개를 끄덕이고는 할머니를 가만히 바라봤다. 신뢰가 가는 눈빛이었다.

"어쩌다 그렇게…. 더 들려주실 수 있을까요?"

기자는 집요하면서도 정중했다. 할머니는 올 것이 왔다는 듯 숨을 깊이 들이마시고 잠시 창밖을 내다보았다. 나는 할머니의 손을 잡았다. 할머니는 내 손을 '쥠쥠' 하듯 쥐었다 놨다 하다가 머리를 쓸어 넘겼다.

"내 그때 광주에 안 있었나."

"광주요?"

기자는 놀랐다는 듯 눈을 깜빡였다.

"내, 사전 인터뷰? 그때 얘기 다했는데."

"아니요. 그 내용은 없고…."

"화개장터지. 우리 신랑이랑 내랑."

할머니 얼굴에 옅은 미소가 번졌다. 나는 언젠가 엄마가 보여
준 빛바랜 흑백사진을 떠올렸다. 엄마와 닮은 듯 다른 소녀 같은
할머니와 엄마 표현으로 '아이돌 같은' 청년 할아버지의 사진이었
다. 외할머니는 상고 졸업 후 작은 회사 경리로 취직해 직장 생활
을 했다. 어느 여름휴가 때 친구들과 해남에 놀러 갔다가 만난 광
주 남자와 첫눈에 사랑에 빠졌고, 광주에서 은행에 다니던 할아버
지는 할머니와 섬진강 너머로 주말마다 오가며 만나다 결혼에 성
공했다.

"집안 반대는 없으셨어요? 그때만 해도 아무래도…."

나는 기자의 질문이 아무리 그래도 후지다고 생각했다. 2030년
에 지역 감정 얘기를 꺼내는 건가 싶었다. 하긴 여전히 이 나라의
정치인들도 더하면 더했지 달라진 게 없었다.

"와 없었노. 주변서도 그카고 말이 많았제. 우리 어마이는 마 식
음을 전폐한다 카고요."

할머니는 그때를 회상하며 이마를 손으로 감쌌다.

"아, 그 정도셨어요?"

"뭐 단순히 고향이 이짝저짝 그래 달라가 그칸 건 아이고. 우리 어마이가 고생을 억수로 했거든요. 아부지가 월북자로 몰려 갖고. 알레르기가 있다 아이가. 알레르기. 알지요?"

"노이로제 비슷한 거요?"

기자는 고개를 크게 끄덕이며 되물었다.

"그렇지. 그냥, 사람이 껄끄러운 게 아이고, 우리 어마이가 이념이고 뭐고 뭐 알겠나. 그저 홀몸으로 나 하나 키운다꼬, 안 해 본장사가 없데이. 근데도 나라에서 하도 당한 게 있어가, 괜히 잘못엮일까 봐 겁이 나 갖고."

"예, 무슨 말씀인지 알겠어요."

"근데 마, 야 외할배가 인물도 출중하고, 직업도 탄탄하고, 워낙 싹싹 안 했나. 우리 어마이가 고마 어느 순간 획 넘어갔제. 사윗감한테."

할머니는 호쾌하게 웃었다. 나는 할머니의 옆얼굴을 보았다. 깊은 눈 위로 긴 속눈썹이 흔들렸다. 옆에서 보아도 할머니의 눈동자가 빛나는 걸 알 수 있었다. 외할아버지 얘기를 이런 식으로 들은 건 처음이었다. 목덜미에 소름이 돋았다. 엄마가 태어나기도 전에 외할아버지가 돌아가셔서, 외할머니가 평생 고생을 많이 했다고만 알고 있었다. 솔직히 크게 관심을 가진 적도 없었다. 외가 마당의 무궁화나무가 그렇듯 할머니는 늘 한결같고 당연한 존재였다.

　기자는 할머니를 따라 웃었다. 미간이 좁고 냉철해 보이는 얼굴에 안경 너머로 눈빛이 살아 있는데, 왠지 모를 따뜻함도 갖고 있는 인상이었다. 그러나 얼마 안 가 다시 기자의 표정으로 돌아왔다.

　"그럼, 광주에 계시다가, 팔십 년도였겠네요. 언제 부산으로 돌아오셨죠?"

　"겨울에 와 몸풀었지요. 거서 수습하느라 바로 몬 오고."

　잠시 햇빛이 드리웠던 할머니 얼굴이 다시 구름 그림자 속에 파묻히는 것 같았다. 기자는 잠시 침묵했다.

　"내, 그 뒤로 광주에는 몬 가 봤지요. 시집도 마 그 비극에 풍비박산 났고. 내 지금 생각만 해도 심장이 벌렁거려 마. 친정 와서도 시어마이랑 윗동서랑 전화통 붙들고 몇날 며칠 울고불고 하다가, 그것도 돈 벌어 아 키운다 우짠다 뜸해지고. 시어마이도 금방 돌아가시고. 참, 그때만 잠깐 다녀갔지. 그 뒤로 몬 가 봤지."

　기자는 말없이 고개를 끄덕였다.

　"부산에만 살았나. 울산도 살고 포항도 살고 왔다 갔다 했지."

　"생계 때문에요?"

　"내가 그래도 상고 나와가 셈도 빠르고 다들 내 보고 야물다 해. 나중에는 남의 집 가서 청소도 하고 밥하고 빨래하고 안 한 게 없다 아입니까. 그러다 요고, 우리 한아 키우느라 들어앉았지만."

할머니는 고생한 얘기를 남 앞에서 거의 한 적이 없다. 낯빛이 어두워지다가 내 얘기를 꺼내며 금세 눈에서 별이 빛났다.

"그래가 내 인자 북한을 간다 카이, 아니지, 구라파까지 기차 타고 가 우리 손녀랑 구경하다 온다카이, 이기 무슨 일인가 싶지요. 마, 좋아가 심장이 벌렁거려 몬 살겠다."

할머니는 또다시 소리를 내서 웃었다. 이번에는 그리움과 슬픔이 묻어나는 웃음이었다. 나는 남들이 듣지 못하는 걸 듣고 보았다. 그런 웃음을 엄마에게서도 가끔 본다. 그럴 때면 내 가슴에 온통 바람이 불어 대는 것만 같았다. 잘 웃지 않는 엄마가 어쩌다 나를 보고 웃을 때의 얼굴이 그랬다.

어릴 적 갑자기 생긴 난청, 두 번의 수술, 학교에서는 늘 겉돌았고 뒤에서 들려오는 보이지 않는 조롱도 못 들은 척하며 감당해야 했다. 트인 공간에 가도 갇힌 것만 같았다. 뚜렷한 원인을 알 수 없는 불안, 엄마의 히스테리와 무관심한 척하는 집착, 외증조할머니 때부터 삼대에 드리운 불운이 내게도 어김없이 닥쳤다는 절망감 때문인지, 서울에 올라온 뒤 나는 몇 번인가 자다가 벌떡 일어나 앉아 소리를 질러 댄 적도 있다. 엄마는 놀라 내 방으로 달려 들어와 나를 꼭 안았다. 마치 '너까지 잃을 수는 없어'라고 다짐하듯 나를 품에 꼭 품었다. 작은 회사를 운영하며 보란 듯이 살아온 엄마도 내 병증 앞에서 때로는 속수무책이었다. 엄마는 엄마일 때 한없이 약했다. 그뿐이었다. 일상으로 돌아가면 엄마는 곧 나를 밀어내면서 동시에 기댔다. 내 증상은 곧 엄마의 고통이었고 모계를 통해 세습되어 4대가 공유하는 유산이었다. 우리는 모두 이유를 알고 있었지만 아무도 끝내 아는 척하지 않았다.

사람들이 갑자기 떠들썩하더니 천장 모니터를 바라보았다. 안내방송이 나오는 듯했다. 곧 군사분계선을 통과하니 되도록 자리에 앉으라는 내용이었다. 스피커 같은 기계를 통해 나오는 소리는 명확하게 들리지 않았다. 기자가 나중에 다시 오겠다며 꾸벅 인사를 하고 다른 칸으로 건너갔다. 할머니는 갑자기 말이 없어졌다.

"할머니, 떨린다더니 말만 술술 잘하대."

"머라카노."

나는 창밖을 내다보는 할머니를 잠시 바라보다가 물었다.

"우리 할매는, 할배 안 보고 싶나?"

할머니는 고개를 돌리다 말고 팔걸이를 잡았다. 열차에 진동이 느껴졌다. 할머니는 입으로 풍선 바람 빠지는 소리를 내더니 작은 소리로 웃었다.

"아이다. 내는 보고 싶은 사람 하나도 없다. 우리 한아만 만날 보고 싶제."

할머니는 다시 창밖을 내다보며 아득히 먼 곳 어딘가를 눈으로 좇았다.

"승객 여러분께 알립니다. 우리 열차는 이제 디엠지를 통과합니다. 통일을 염원하는 마음으로, 전쟁의 상처가 무색한 이곳, 생명의 땅을 봐 주십시오. 희망을 가득 실은 우리 한반도 특급열차는 곧 북녘 땅 위를 달리게 됩니다."

안내방송에 사람들이 탄성을 지르며 일제히 창밖으로 눈을 돌렸다. 너도나도 휴대전화나 사진기를 들었다. 안내방송 내용이 어딘지 간지러워 어깨가 움츠러들었지만, 열차에 가득한 달뜬 분위기에 나도 모르게 폭신하게 잠기는 기분이 들었다.

이윽고 늦봄에서 초여름으로 넘어가며 햇볕이 따사롭게 내리쬐는 초록빛의 들판이 한눈에 들어왔다. 굽이치는 철책을 조롱하듯 새 떼가 일렁이며 날아가고 있었다. 할머니의 눈이 반짝거렸다.

"여만 지나면, 저 뒤쪽 어디가 울 어마이 고향 근처일 텐데."

할머니는 입이 마르는지 물병 뚜껑을 돌리는데 힘이 없었다. 나는 휴대전화를 내려놓고 물병을 받아들었다. 뚜껑을 열어 내미는데, 할머니 눈가가 촉촉했다.

"우나?"

내가 다른 손을 내밀어 눈물을 닦아 주자, 할머니는 배시시 웃으며 내 머리를 쓰다듬었다. 도대체 과거로 가는 건지 미래로 가는 건지 모를 이 알 수 없는 공간에서, 나를 들여다보는 할머니 얼굴을 들여다보고 있자니 갑자기 묻고 싶던 게 떠올랐다.

"그런데 할머니. 증조할머니가, 나한테 언니라고 부르면서 자기 숨기지 말라고 한 거, 무슨 소리야?"

"우리 어마이가?"

"있잖아요. 전에, 나한테 옥자 언니라고."

할머니는 눈물을 서둘러 닦아 내고는 입술을 앙다물었다. 뭔가 고심할 때 나오는 버릇이었다. 내키지 않는 얘기를 꺼내야 해서 머뭇거리는 것 같았다.

"그게, 참. 내도 기가 막히다. 아이고, 우리 어마이가 니만 할 적에, 한 마을에 살던 사람들이, 전쟁이 터지면서 사상 때문에 이짝 저짝으로 갈렸거든. 학교에서 배운 적 있제?"

"음. 다 까먹었는데."

"니는 열일곱 살짜리가 벌써 까묵나! 암튼, 한 가족 중에서도 의용군으로 끌리가고 어데로 또 끌리가고 그캤는데. 뭔 단체도 억수로 많았다. 망할."

"그래서요?"

"삼팔선 그어지고도 몰래몰래 왔다 갔다 카고 그랬제. 이짝 집은 북한에 있고, 논밭은 남한이라 카고, 그런 집도 있었다 아이가. 그런데 먼 친척이 우리 외가를 신고했제. 집안에 반동분자가 있다고. 니 뭔지 아나?"

"대충."

나는 귀를 쫑긋하고 할머니 얼굴을 뚫어지게 바라봤다.

"그래가 웬 젊은 남자들이 들이닥쳤는데. 이모가, 그니까 니 외증조할매 쌍디 언니가…."

할머니는 잠시 내 눈치를 보는 듯했다. 나는 그저 눈을 깜빡였다.

"언니야가 할매를 아궁이에 쑤셔 넣고 감춘 다음에, 남의 집에 숨는다고 도망갔다가…."

나는 침을 꿀꺽 삼켰다.

"잡히가 끌리갔는지 우쨌는지. 생사를 모른단다. 아니, 다들 옳지 않게 죽었을 끼라 카는데 울 어마이는 북한에 있다고 단디 믿었제. 도랑 하나 건너면 아재네 집이었는데. 기막힌 게 뭔지 아나? 서로 된장, 꼬치장 노나 묵던 집이고 그 옆집은 우리 큰댁이고 그캤다는데, 삼팔선 갈라지면서 거기는 북한이 된 거야. 개천 하나 사이에 두고."

나는 외증조할머니가 정신을 놓은 뒤 왜 당신 언니를 찾아 댔는지 알 것 같았다. 한편 휴전이 되면서 개풍군 전체가 북한으로 귀속되자, 한 동네 청년이 외증조할머니를 데리고 야반도주하여 한강을 건너 강화도로 내려왔다고 한다. 얼마 후 둘은 물 한 사발 놓고 혼례를 올리고 아이도 낳았는데, 어느 날 포구에 일을 나갔던 남자가 집에 돌아오지 않았다. 누군가는 못 보던 사람들이 그를 데려갔다고도 했고, 어떤 사람은 그가 일하러 나오지 않았다고 했다. 외증조할머니는 기가 막힐 겨를도 없이 순식간에 월북자 가족이라는 낙인이 찍힌 채 갓난아기를 업고 도망치듯 부산으로 와 정착했다.

할머니는 나를 물끄러미 바라봤다.

"니, 니 엄마나 내보다, 김옥분 씨 마이 닮았어."

"그렇담서."

"할매 정신 줄 놓고 나서 열 몇 살 된 니를 보이, 그 무렵 헤어진 언니야가 떠오른 게 아인가 싶다."

나는 말없이 창밖으로 고개를 돌렸다. 귀가 웅웅거리고, 머릿속에 물안개가 피어올랐다. 그리고 아득한 내 기억 속 한 아이를 떠올렸다. 외증조할머니는 먼 기억 저편에 서서 나를 바라보며 누구라고 생각한 걸까. 아궁이에 당신을 숨겼던 쌍둥이 언니일까, 아니면 혼자 남아 있는 나인 걸까. 문득 증조할머니의 주름 가득한 손이 떠올랐다. 그 손으로 딸기를 씻어 작게 잘라 내 입과 또 다른 아이 입에 번갈아 넣어 주던 기억이 스쳤다. 우리가 아기 새처럼 똑같이 입을 벌렸다가 오물오물하는 모습을, 여자들이 둘러 앉아 미소를 지으며 바라보던 장면을 유아기에 꿨던 선명한 꿈이라고 착각하기도 했다. 나는 할머니를 한번 바라보고는 할머니 어깨에 살며시 기댔다.

"와. 졸리나."

나는 대답하지 않았다. 고개를 흔들어 그 기억을 떨쳐 냈다. 그리고 그저, 할머니들이 겪은 삶을 내가 살아야 했다면 어땠을까 하는 생각에 빠져들었다. 엄마도, 할머니도, 증조할머니도 그저 하루하루를 살아 냈을 뿐이었다. 누구도 함부로 그 처참한 세월에 대해 공공연히 떠들어 댄 적이 없었다.

차창 밖 풍경은 남쪽과는 확연히 달랐다. 아니, 비슷하면서도 분명히 달랐다. 일제강점기 때도 놓여 있던 철로를, 열차가 무궁화호 정도의 속도까지 낼 수 있도록 수리한 거라고 하니 나로서는 마치 시간여행에 나선 기분이 들었다.

'이렇게 쉽게 올 수 있는 곳이었는데. 팔십 년이나…'

할머니의 고개가 스르르 떨어졌다. 할머니 팔을 꼭 껴안고 킁킁 냄새를 맡았다.

얼마의 시간이 흘렀을까. 나는 할머니를 흔들어 깨웠다. 까무룩 잠든 것 같은데 어느덧 평양에 도착했다. 승강장 가득 붉은색 종이꽃을 손에 들고 열렬히 흔들어 대는 환송단의 모습이 차창 가득 들어왔다. 창 너머로 보니 앞쪽으로 멋쩍은 듯 긴장한 채 열차에 오르는 북한 승객들이 보였다. 배웅 인파는 남측 식당차와 객실 창문을 향해서도 열심히 손을 흔들었다. 그들의 얼굴에 어린 호기심과 부러움이 뒤섞인 듯한 흥분은 그동안 뉴스에서 보았던 표정에서 느껴지는 것과는 미묘하게 달랐다. 웃으며 눈물을 흘리는 사람도 여럿 보였다.

"아이고, 야야. 북한 동포들 봐라. 좋아 죽는다. 마."

할머니는 기분이 좋은지 유리창에 얼굴을 갖다 붙이다시피 하고 웃으며 손을 흔들었다.

"진심인 것 같아. 저 사람들"

나도 모르게 중얼거리자, 할머니가 연신 손을 흔들며 대꾸했다.

"이기 어디 보통 일이가. 꿈같지. 사람 마음 다 똑같지 않겠나."

열차가 평양역을 서서히 빠져나가는 동안, 나는 서울역 주변과 왠지 닮은 듯 다른 평양시의 모습과 독특한 색감의 고층 건물들을 보기 위해 자리에서 여러 번 일어났다 앉았다.

같은 열차에 북한 사람들이 탔다는 사실만으로 객실은 들뜬 분위기였다. 양측의 식당 칸인 5호차와 4호차 바로 너머에 북한에서 선정된 가족 단위의 일반 승객들이 있었다. 분단되기 전 휴전선 남쪽이 원래 고향인 사람들, 이산가족의 직계가족, 혹은 대한민국 입국이 금지된 사상범의 가족까지 그 구성원이 다양하다고 했다. 그 자체로도 천지개벽할 노릇이라며 놀라워하는 북한 전문가들이 많았다. 북핵 문제만큼이나 풀기 어려운 게, 개개인의 역사와 무관하게 대한민국과 북조선 사람들이 한데 섞이는 일이었다.

"식당 칸이 삼팔선이구먼요."

누군가 농을 던지자 몇몇 사람들이 웃음을 터뜨렸다. 다들 긴장한 상태라 승객끼리 거의 말을 섞지 않다가, 평양역에서 사람들을 잔뜩 태우자 비로소 객실 안 분위기도 누그러지는 게 신기하다고 생각하던 참이었다. 오히려 더 긴장할 법도 한데, 아마도 반쪽짜리였던 열차가 비로소 가득 찼다는 사실에 다들 들뜬 기분이리라 여겼다. 그때 갑자기 할머니가 두리번거렸다. 나와 눈을 마주치자 작은 소리로 또렷하게 입 모양을 보여 주었다.

"누가 운다."

그러고 보니 누군가 흐느끼는 소리가 어렴풋이 들려왔다. 할머니는 자리에서 일어나 뒤쪽으로 나아갔다. 잠시 후 돌아온 할머니는 우는 사람이 탈북자라고 하며 한숨을 쉬었다.

"여 있는 사람들 다, 무슨 복잡한 사연이 있겠지. 세월이 얼마가."

새터민이 탑승 대상이 되었다는 것도 놀랐지만, 북한이 이를 승인했다는 건 더 놀라웠다. 남북 종단열차 개통을 계기로 화해 분위기가 급물살을 탈지 어떨지는 두고 봐야 알 일이라 해도, 뭔가 확실히 달라지고 있다는 건 분명했다. 창 너머로 이름을 알 수 없는 꽃나무가 눈 안 가득 들어왔다.

할머니는 성미가 급했다. 평양역에서 탑승했을, 상봉 예정인 가족들을 당장 만나고 싶어 했다.

"뭐 이카고 질질 끄나. 들어온 순서대로 마 확확 만나 뿌먼 안 되나."

"할매요. 그 사람들도 한숨 돌려야지. 이렇게 빠른 열차도 처음 타 보는 걸 텐데, 적응도 해야 하고요."

"맞나."

"이제 일주일을 내내 열차에서 먹고 자고 해야 해요. 베를린 도착할 때까지 우리 할매 답답해 우얄꼬?"

할머니는 내 말에 입을 벌리고 웃었다. 할머니는 내가 장난을 치면 아이처럼 기뻐했다. 늘 나를 보며 "아가 아 같아야지 원" 하며 애틋해 하다 보니 그런 것 같다. 그때 열차 칸 통로 출입문이 열리며 직원들이 들어왔다. 앞뒤 양쪽으로 뭔가 분주해 보였다. 안내원 한 명이 다가와 명단과 이름표를 대조해 보더니, 곧 남북 이산 가족 간의 만남이 시작될 거라며 순서를 기다리라고 했다. 때맞춰 음악 소리와 함께 안내방송이 흘러나왔다. 막상 생각보다 빠른 진행에 할머니는 당황했는지 "떨린데이"를 연발하며 손가방에서 거울을 꺼내 보고 옷매무새를 정돈했다.

잠시 후 나는 할머니와 함께 북측 식당 칸인 4호차 안에 들어섰다. 열차 연결 통로를 넘기 전, 할머니는 숨을 한 번 크게 들이쉬며 내 손을 꼭 붙들고는 "얍!" 하고 외치며 발을 내딛었다.

우리는 4호차 구석에 대기하고 있다가 마침내 한 가족이 자리 잡고 있는 테이블 좌석 쪽으로 다가갔다. 예순 남짓으로 보이는 남자와 하얀 저고리에 붉은 치마 한복을 입은 중년 여성, 그리고 내 또래의 여자애가 이쪽을 보고는 엉거주춤 일어났다. 순간 중년 여성이 깜짝 놀라더니 남자에게 뭔가 귓속말을 했다. 안내원 뒤로 할머니가 천천히 따라나서자 남자가 반색했다.

"김옥분 씨 따님, 이수자 씨입니다."

"이쪽은 김영만 씨."

할머니는 주저 않고 다가섰다.

"아이고, 알다마다요. 일 년 마이네."

할머니는 남자와 손을 맞잡았다. 카메라와 태블릿 노트를 든 기자 둘이 옆으로 바짝 붙었다. 작년 상봉행사 때 외증조할머니를 모시고 참석했던 할머니는 막상 본인이 '가족 대표'로 나선 이 자리에서는 어찌해야 할지 갈피를 못 잡는 듯했다. 두 노인은 말없이 손만 맞잡고 있었다. 기자는 연신 촬영을 했다. 나 또한 어찌할 바를 몰라 두 손을 모으고 서서 곁눈질로 또래 여자애를 쳐다보았다. 미리 전달받은 서류에 따르면, 할머니와 얼떨결에 맞춤 보도용 포즈를 취하고 있는 사람은 외증조할머니 오빠의 막내아들이고, 한복을 입은 여자는 그의 딸인 엄마 또래의 김정례 씨, 그리고 외손녀 리수희였다. 말하자면 리수희는 나와 항렬이 같은 셈이었다.

"자, 자. 앉으시라요."

김영만 할아버지는 마치 자기 집에 온 손님을 대접하듯 했다. 북측 직원이 다가와 컵에 물을 따라 주었다. 잠시 침묵이 흘렀다. 남북이 갈라지지 않았다면 사촌 남매지간으로 지냈을 외할머니와 김영만 할아버지는 이 상황에 어떤 이야기를 나눠야 할지 모르는 것 같았다. 할머니는 당신 어머니 얘기부터 꺼냈다. 할머니는 최대한 사투리를 쓰지 않으려 노력하는 듯했지만 말하다 흥분하면 부산과 울산 사투리가 섞여 튀어나왔다. 외증조할머니가 돌아가시게 된 얘기를 하며 할머니는 어쩔 수 없이 눈물을 훔쳤다. 어른들이 더불어 두런두런 얘기를 나누는 동안 나는 리수희와 멀뚱멀뚱 앉아 있을 뿐이었다.

나는 어른들의 대화에 집중해 보기도 하고, 딴생각을 하다 그 애와 눈이 마주치면 적당히 미소를 지었다. 서로 얼싸안고 하염없이 울고 있는 구십 대 할머니 쪽 가족의 테이블을 지켜보다가 그

애의 시선을 느끼고 얼굴을 똑바로 마주보았다. 그 애는 당황하여 눈을 깜빡거렸다. 나는 이 수선스러운 행사에 어쩌다 끌려온 듯 나보다 더 어색하게 앉아 있는 그 아이에게 묘한 연민을 느꼈다.

"나는 강한아라고 해요. 열일곱 살이에요. 잘 못 들을 수도 있으니까, 입 모양 볼 수 있게 해 주면 고맙겠어요. 이야기할 때."

내가 먼저 말을 건네자 여자애는 고개를 크게 끄덕였다.

"나는 열여섯이고 리수희라고 합니다. 반갑습네다."

드라마에서나 듣던 북한 말투가 신기했다. 그러나 그게 중요한 게 아니었다. 수희 얼굴을 제대로 마주보고 있자니, 갑자기 가슴 한구석이 옥죄어 오는 것 같았다. 수희는 믿기지 않을 정도로 나를 닮았다. 순간 귀가 먹먹해지더니 사람들이 울고 웃고 떠드는 소리가 머리에서 회오리치는 것 같았다. 속이 울렁거렸다. 어린아이의 웃음소리가 들리는 듯했다.

나도 모르게 미간을 찡그리며 몸을 웅크리자, 수희는 놀라며 몸을 앞으로 내밀었다.

"머리가 갑자기. 미안해요."

"아, 일없습네다. 약 같은 건 안 필요하십니까?"

나는 갑작스레 또래 북한 아이한테 존댓말을 듣고 있는 상황이 영 실감이 나지 않았다. 이제야 어른들은 나와 수희를 번갈아 쳐다보며 참견을 했다. 나는 정신을 가다듬으려 애썼다.

"가만 있자. 이야, 이거 상당히 놀랍다야."

"내 말이 맞디요."

영만 할아버지와 아주머니가 맞장구를 치자 할머니는 궁금한 얼굴로 무슨 소리냐 물었다.

"보시라요. 아까 멀리서 보고 깜짝 놀라디 않았가서요. 우리 수희랑 한아 양이랑 똑 닮지 않았나 이 말입니다."

할머니는 가만히 수희를 뜯어보는 듯하더니 이윽고 나와 마주 앉은 모습을 지그시 바라보았다. 그러고는 갑자기 숨을 거칠게 쉬면서 울음을 터뜨렸다. 할아버지와 아주머니는 영문을 몰라 당황스러워 하면서도 할머니 어깨를 감싸 안고 다독이며 덩달아 눈물을 훔쳤다. 나는 몸을 뒤로 기대어 이 광경을 낯설게 바라보았다. 할머니의 반응에 심장이 또다시 뻐근했다. 할머니는 수희에게서 다른 아이를 떠올리는 듯했다. 머릿속에 아지랑이가 피어올랐다.

북쪽의 철로는 수리가 되었다 해도 고속철도 수준에는 못 미치고 전력 수급에 문제도 있었다. 남한으로 치면 무궁화호보다 약간 빠른 정도의 속도라고 어른들이 말했다. 북한의 '급행려객렬차' 속도에 비하면 이건 로켓 수준이라고 해서 다들 웃었다. 할머니는 진정된 후 이야기를 나누다 말고 창밖을 하염없이 바라보았다. 할머니는 기차가 북녘 땅을 최대한 천천히 통과했으면 좋겠다고 했다.

북쪽 가족들은 먹을 것을 골고루 싸 왔다. 차떡(찰떡)이며 단설기빵(카스텔라)이며 생긴 건 익숙하나 생소한 이름의 주전부리를 꺼내 펼쳐 놓고 이것도 먹어 봐라, 저것도 먹어 봐라 하는 폼이 어찌 오래 안 사람들 같았다. 나는 인터넷 속도가 확연히 느려진 휴대전화를 붙잡고 수회가 관심을 가질 법한 사진들을 보여 주었다. 내가 좋아하는 아이돌 그룹 뮤직비디오를 보여 주자 자기도 알고 있다며 수줍게 얼굴을 붉혔다. 그러는 와중에 열차는 간혹가다 심하게 덜컹거리기도 했다.

"렬차가 이렇게 날래 움직여 달리는데, 한 번도 멈추지를 않는 게 기적과도 같습네다."

할아버지는 놀라움을 감추지 못했다.

어른들은 온 가족의 80여 년에 이르는 집안 역사를 서로 나누느라 대화가 끊길 새가 없었다. 나는 어떤 이야기는 듣고 어떤 이야기는 듣지 못했다. 그들은 중간중간 번갈아 눈물을 훔치기도 하고, 서로의 표현을 알아듣지 못해 설명하다 웃기도 했다. 한참을 얘기하다 말고 할아버지가 말했다.

"아이고, 우리 오마니들이 그 오랜 세월을 그리 힘들게 살아와 어쩝네까. 녀성 혼자 아이를 키운다는 게 보통 일이 아닐 텐데 말임다. 직접 세대주 노릇을…."

"고생 마이 했제. 내 그래도 살면서 창피할 일은 안 했다. 야 엄마도 뭐 사정이 있어 그리됐지만. 내 목숨 맨키로, 아니지, 그보다 더 귀한 우리 한아 하나만 그저 잘사는 게 내 마지막 소원일세."

"걱정 마시라요. 이래 고우니 장차 청년도 잘 만나고 시집가 잘 살겠디요."

아주머니가 순발력 있게 고른 덕담인 듯 말을 건넸다. 나는 정색을 했다.

"저는 결혼할 생각 없어요. 여자랑 살 수도 있는 거고, 고양이랑 단둘이 살 수도 있고요."

순간 할머니는 깜짝 놀라 자리에서 튀어 오르며 손뼉을 쳤다.

"아이고, 야가, 뭐라카노. 이 뭔 소리고."

"나중 일을 누가 알아요."

나의 볼멘소리에 눈이 휘둥그레져 있던 북쪽 가족은 동시에 어색한 웃음을 지었다. 할아버지가 껄껄 웃으며 말했다.

"말로만 들었는데, 남조선 녀성들은 일찌감치 대단히 혁명적인 사상을 갖고 있는 게 맞습네다."

할머니는 얼른 떡 하나를 집어 내 입에 넣고는, 화제를 돌렸다. 그런 와중에 수희는 내 대답이 마음에 든 것 같았다. 나와 눈이 마주치자 눈이 반짝이고 왼쪽 뺨에 보조개가 피었다. 탈색한 뒤 보랏빛으로 염색한 내 긴 머리가 신기한지, 말하는 내내 힐끗거렸다. 나는 수희의 얼굴을 물끄러미 바라보았다. 단발머리를 하고 교복이나 유니폼 같은 옷을 입고 있어 분위기는 다르지만, 정말로 나랑 많이 닮았다. 보조개의 방향은 반대였지만 웃을 때마다 볼우물이 피어 그런지 표정도 비슷했다.

밀어내던 기억이 또다시 고개를 들었다. 어느 봄날 외가에서의 장면이었다. 외증조할머니가 잘라 준 딸기를 받아먹던 다른 아이.

나와 똑같은 얼굴을 한 여자애의 웃음소리가 들렸다. 그 소리와 함께 떠오르는 장면. 다리를 포개어 마루 끝에 걸터앉아 흔들거리는 발 아래로, 똑같이 생긴 초록색 샌들 두 쌍이 나란히 놓여 있었다. 언제나 그 기억을 떠올리려 애를 쓰면, 그 모습이 나의 머릿속에 아지랑이처럼 피어올랐다. 어느 날 갑자기 내 옆에서 사라진, 내게 지독한 열병을 남기고 내게서 떨어져 나간 그 아이. 내 얼굴과 똑같은 얼굴을 한….

아빠가 세상을 떠난 게 아니라는 사실을 알게 된 뒤, 나는 아빠가 그 아이를 데려갔다는 걸 불현듯 깨달았다. 기억 속에서 거의 사라졌다 외증조할머니 입을 통해 돌아온 그 아이는, 이 땅 어딘가에서 아무렇지 않게 아빠와 함께 살고 있는 걸까. 나에겐 엄마가 있고 외할머니가 있고 외증조할머니가 있었다. 그 애에게는 없는 사람들이었다. 나는 나와 똑같이 생긴 그 애에게도 누군가 더 있기를 바랐다.

나는 엄마와 아빠가 어떻게 결정했을지가 정말 궁금했다. 가위바위보를 했을까, 동전 뒤집기를 했을까. 아님 둘이 멀리 떨어져서 있고 각자에게 달려오는 아이로 정했을까. 일란성 쌍둥이도 성향이 다를 수 있다는데, 각자와 맞는 아이를 택했을까? 그렇다면 엄마가 나를 고른 이유는 무엇일까. 아빠가 나를 선택하지 않은 이유는 무엇일까. 그 아이가 아빠 마음에 들게 행동했을까? 만약 서로 바뀌었다면 어떤 삶을 살고 있었을까? 그동안 함께 살면서 나는 엄마와 비슷하거나 성격이 잘 맞다고 생각해 본 적이 없는데, 그렇다면 나는 누굴 닮은 걸까. 그 아이는 내 존재를 기억할까. 아빠는 내가 보고 싶지 않은 걸까. 의문은 끝이 없었다. 그 생각에 빠져들다 보면 머리가 터질 것 같았다.

창 바깥 풍경이 무심히 책장을 넘기듯 빠르게 흘러가고 있었다. 나는 열차 안을 천천히 둘러보았다. 사람들이 한데 둘러앉아 두런두런 이야기를 나누는 모습이 마치 오래된 그림 속 장면 같았다. 열차의 미세한 진동이 긴 세월 미처 다 흘리지 못하고 말라붙은 눈물샘에 물길을 텄는지, 남한의 마지막 실향민이라는 90대 노인은 자신처럼 늙어 버린 어떤 이와 손을 맞잡고 울기만 하고 있었다.

상념에 빠진 나를 건져 올리려는 듯, 시끄러운 음악 소리와 함께 북측 안내방송이 흘러나왔다.

"북남의 동포 여러분! 이제 곧 신의주에서 조중우의교(압록강철교의 북한 명칭)만 건너면, 국경을 넘어 만주로 연결됩니다. 언젠가 우리의 자랑스러운 손기정 선수도 베를린 올림픽에 참여하기 위해 나아갔던 장엄한 길을 따라, 끊어진 역사를 이어 나가 통일을 이루기 위한 한반도 특급렬차가 힘차게 내달리고 있습니다."

마침내 열차가 압록강을 건너기 시작했다. 사람들은 하나가 되어 열렬히 박수를 쳤다. 벽과 천장에 부착된 모니터 화면에 열차 진행 방향이 그래픽으로 나타났다. 소축척지도로 바뀐 영상에서,

부산을 출발한 열차 그림이 한반도를 가로질러 국경을 넘어 대륙으로 올라가고 있었다. 할머니가 혼잣말로 읊조렸다.

"세상이 이마이 넓은데, 내 평생을 조 *끄트머리*에 처박혀가 살았구나."

이제 3호와 6호차에서 대기하고 있는 다른 가족들이 어우러질 차례라는 안내방송이 나왔다. 우리 일행은 내일 오찬행사 때 다시 만나게 될 것이라고 했다. 할머니는 감개무량한 얼굴로 내 손을 잡고 돌아섰다. 수희가 나를 보고 환하게 웃으며 손을 흔들었다. 나는 말없이 미소를 지었다.

식당 칸을 지나 객실에 돌아오자 할머니는 의자에 털썩 앉고는 모자를 벗고 머리를 쓸어 넘겼다.

"아이고, 피곤타."

할머니는 내 얼굴을 들여다봤다.

"우리 한아, 괜찮나? 머리 안 아프나? 귀는?"

할머니는 내 안색을 살피고는 의자를 뒤로 젖히려 했다. 직원의 도움을 받은 덕분에 둘 다 몸을 뒤로 기댈 수 있었다. 나는 잠시 동안 할머니의 옆얼굴을 보다가 눈을 감았다. 기압차 때문인지 귀가 먹먹해졌다.

나는 수희 얼굴을 보고나서야 비로소 엄마의 고통을 조금은 이해할 것 같았다. 엄마는 내 얼굴을 보면서 문득문득 그 애가 떠올랐을 것이다. 나를 보는 내내, 엄마가 포기한 나머지 아이, 떠나보낸 아이를 마주해야 했을 것이다. 왜 차라리 한 명이 둘 다를 맡지 않았을까? 사정이야 알 수 없었지만, 나를 선택한 엄마에게 고마워해야 하는 걸까. 그 애는 어디에서 어떻게 살고 있는 걸까? 일란성 쌍둥이가 아기 때 각자 다른 나라로 입양을 갔다가 성인이 된 뒤 소셜미디어를 통해 우연히 만나게 되는 일도 있다고 한다. 영화로도 나왔다고 들었다. 하지만 그 애의 흔적은 어디에도 없었다. 나는 소셜미디어 계정에서 들이밀 듯 보여 주는 '알 수도 있는 사람' 목록에 뜨는 낯선 얼굴들을 몇 시간씩 열심히 들여다 볼 때도 있었다. 끝없는 의문의 늪으로 한없이 빠져들어 갈수록 속수무책이 되다 보니, 머리를 세차게 흔들어 생각을 쫓아 버리는 버릇이 생겼다. 나는 관자놀이를 꾹꾹 눌렀다.

"와, 머리 아파가?"

"응."

할머니는 손을 뻗어 내 머리를 가만히 쓸었다. 나는 할머니를 등지고 고개를 옆으로 돌렸다. 창 밖 하늘이 분홍빛이 도는 연보랏빛으로 물들고 있었다. 차창에 내 얼굴이 흐릿하게 비쳤다. 나는 손가락으로 가만히 유리창을 훑다가 입을 열었다.

"할머니, 나 그 애 보고 싶어."

"누구?"

"아빠가 데려간 애."

난생 처음 꺼낸 말이었다. 할머니는 말이 없었다. 가만히 내 등을 쓸다가 어깨를 감싸더니 이마를 기댔다. 할머니는 숨죽여 우는 듯했다. 나는 잠시 보청기를 빼고 눈을 감았다. 웅덩이 같은 기억 속 캄캄한 바닥에 가라앉아 있던 익숙한 얼굴이 수면 위로 떠올랐다. 보랏빛 머리카락이 물감처럼 번졌다.

작가의 말

거의 100년 전만 해도 서울역은 국제선 열차를 타고 내릴 수 있는 역이었습니다. 고 손기정 선수는 올림픽을 향한 여정을 위해 경성역(지금의 서울역)을 출발해 경의선을 지나 시베리아 횡단열차를 타고 베를린에 당도했다고 합니다. 지금도 기찻길은 온전히 존재하고, 분단 이후에도 한때는 화물열차가 군사분계선을 넘어 달리기도 했습니다. 그런가 하면 한반도의 등줄기를 따라 놓인 미완의 철로도 있습니다. 우리는 지난 2018년 4·27 남북정상회담 판문점 선언에서 이 동해선 철도 사업을 본격화하겠다는 의지를 목격했습니다. 중간에 끊긴 강릉-제진 사이 118킬로미터 구간을 연결하는 일은 경제 발전과 평화 정착을 위해 착수해야 할 시급한 과제라고 언론은 덧붙였습니다.

한국전쟁 발발 후 70년, 참전과 피난, 실향 등을 몸소 겪으며 이 땅에서 전쟁을 직접 체험한 사람들이 점점 사라져 가고 있는 이때,

우리에게 통일의 의미는 무엇일까요? 개개인이 모두 섬처럼 파편화되어 버린 세상, 고립되고 단절된 시대에 평화와 공존의 의미란 무엇이며 통일의 당위성은 어디에서 찾아야 할까요?

전후 세대는 전쟁터에 가득한 포연 혹은 피와 다름없는 여러 종류의 고통을 뒤집어쓰고 살아왔습니다. 납치와 학살, 연좌제가 횡행했고 불신과 혐오, 차별과 편 가르기가 만연한 사회는 한민족 간에 일어난 전쟁과 결코 무관하지 않습니다. 그다음 세대의 일원으로서, 또 그다음 세대에게 건네는 질문이 무책임하고 뻔뻔할 수도 있습니다. 따라서 이렇게 변명해 봅니다. 이 이야기는 완결된 것이 아니라 시작되는 이야기이며, 우리 세대가 마주한 질문이자 과업을 다음 세대에게 어떻게 건네줄지 묻는 것이라고 말입니다.

전쟁으로 인한 분단 상황은 땅이라는 물리적 공간의 단절과 고립뿐만 아니라 민족, 세대, 정파 간 이념에 따른 갈등과 반목을 야기하였습니다. 국가는 전쟁을 끝내기는커녕 또 다른 폭력을 저질러 사람들을 고난에 빠뜨렸습니다. 치유와 회복만이 간절한 사람들이 긴 세월에 걸쳐 정신적·육체적 학살을 당하기도 했습니다. 전쟁은 그 본질이 그러하듯 휴전 이후에도 평범한 사람들을 다양한 형태의 전쟁터로 몰아넣은 셈입니다. 우리나라의 쓰라린 현대사가 그 증거입니다. 한편 그 이면에는 기록되지 않은 수많은 여성들의 눈물과 절규가 서려 있습니다. 폐허 속에서 가정을 돌보고 나라를 일으킨 원동력인 여성들의 목소리는 개인의 삶이자 몫이라는 이유로 철저히 무시되었습니다. '전쟁미망인'들은 물론 국가 폭력에 의해 그와 비슷한 상황에 처한 여성들은, 직접 가장이 되어 생계를 도맡았습니다. 돌볼 가족의 상실은 물론 가족과의 공존 자체가 고통인 삶도 허다했습니다. 억압과 감시, 핍박과 차별 속에 가족제도를 지탱하고 나라를 재건했음에도 그들의 세월은 무심하게 외면당해 왔습니다.

그들이 흘린 눈물과 가슴 깊은 곳에 갇혀 있던 끔찍한 기억들이 마침내 서서히 증발되는 이미지를 상상했습니다. 한반도 남북을 횡(橫) 방향으로 가르며 가로막은 철조망을 찢고 뚫어 종(縱) 방향으로 내달리는 '특급열차'를 떠올렸습니다. 평화를 꿈꾸며 미래로 나아가는 특급열차의 객실 칸에는, 그곳에 몸을 실은 사람들의 온 생애와 차마 목소리도 내지 못한 채 함몰된 과거의 기억이 가득 고여 있습니다. 그들의 목소리를 향해 귀를 기울이는 노력은 결국 통일을 준비하는 우리 모두가 챙겨야 할 몫입니다.

원고를 넘긴 직후 동해북부선 철도 건설이 내년 말에 실제로 착공된다는 소식을 접했습니다. 2030년 '한반도 특급열차 2050'에 몸을 실은 한아가 언젠가 이르게 될 종착지는, 마침내 통일된 한반도이기를 꿈꿔 봅니다. 미래의 그곳에 발을 딛고 선 한아는, 뼈아픈 상실의 경험과 그로 인한 심신의 아픔을 스스로 극복해 냈으리라 믿습니다. 여성 삼대의 살뜰한 보살핌이 있었기에, 자기 자신을 따뜻하게 보듬으며 온전한 어른으로 성장해 있기를 희망합니다.

한정영 중앙대학교 문예창작학과를 졸업했다. 지금은 서울여자대학교와 한겨레 교육문화센터 등에서 다양한 글쓰기를 강의하면서 현실과 역사와 SF를 넘나드는 다양한 청소년 소설을 쓰고 있다. 지은 책으로는 동화 《굿 모닝, 굿모닝?》, 《사라진 훈민정음을 찾아라》 등과 청소년 소설 《변신 인 서울》, 《엘리자베스를 부탁해》, 《나는 조선의 소년비행사입니다》, 《너희는 안녕하니?》, 《바다로 간 소년》, 《히라도의 눈물》, 《빨간 목도리 3호》 등이 있다.

한쪽 팔이 없는 사내가, 바로 앞에서 느릿느릿 지나갔다. 그는 잘려 나간 팔뚝을 들어 이쪽을 향해 내저었다. 그 때문에 뭉툭한 팔 끝이 선명하게 보였다. 해윤은 인상을 살짝 찌푸리고 말았다. 더 놀라지 않았던 건, 현실감이 들지 않아서였다. 기분 나쁜 꿈을 꾸고 난 느낌이랄까. 그렇지 않아도 멀미 끝에, 한참을 졸다가 막 깨어난 터였다.

머리칼이 쭈뼛 서는 듯한 느낌이 든 건, 그다음이었다. 사내가 남은 한 손으로 사지를 늘어뜨린 고양이의 모가지를 움켜쥔 채 서너 걸음 오른쪽으로 걸어갔다. 그러다가 돌연 멈추어서더니, 이쪽을 빤히 쳐다보고 씩 웃었다. 깊이 눌러쓴 모자 때문에 얼굴은 보이지 않았지만, 살짝 윗니가 드러나 보였다. 무슨 기묘한 그림 하나를 보고 있는 듯한 착각이 들었다. 뜨거운 7월의 뙤약볕을 등지고, 텅 빈 아스팔트 위를 가로지르는 팔 없는 사람이라니!

그때, 손에 쥔 고양이의 몸에서 무언가 툭 떨어졌다. 시뻘건 살덩어리였다. 그것은 고양이의 다리에 휘감긴 채 허공에서 핑그르르 돌았다.

　"어으으!"

　자신도 모르게 몸을 웅크렸다. 해윤은 숨이 탁 막혔고, 동시에 자동차가 출렁거렸다. 아빠가 성급히 브레이크를 밟은 모양이었다. 그 때문에 살짝 움직일 듯하던 자동차가 춤을 추었다.

　"고양이가 로드 킬을 당한 모양이네."

　아빠의 목소리가 이명처럼 울렸다. 그 말 덕분에 숨을 다시 내쉬긴 했지만, 뛰는 가슴이 진정되지는 않았다. 더구나 홀린 듯, 해윤은 그 사내로부터 시선을 떼지 못했다.

　그때쯤, 아빠가 중얼거리듯 한마디 더 했다.

　"가만, 근데 저거 민상이 아니여?"

　아빠는 눈을 가늘게 뜨고 사내의 뒷모습을 살폈다. 그러는 동안, 사내는 곧 오른쪽 마트 옆 골목으로 유유히 걸어갔다. 그리고 그 골목의 끝에서 이쪽을 한번 돌아보았다. 그는 웃었고, 해윤은 창을 짚고 있던 한쪽 손을 아래로 툭 떨어뜨리고 말았다. 그런 채로 사내가 사라진 골목에서 한참 동안 시선을 떼지 못했다.

　머릿속이 정지된 느낌이랄까. 어떻게 해야 할지 몰라 조수석 유리창에 이마를 댄 채 가만히 숨만 쉬고 있었다. 그즈음, 자동차가 조금씩 움직이기 시작했고, 짱구네 마트, 라는 간판을 단 구멍가게 앞을 천천히 지나갔다. 기다렸다는 듯 마트 안에서 누군가 문을 열고 나왔다. 열 살 안팎의, 목발을 짚은 남자아이였다. 뜻밖에도 그 아이는 한쪽 발목이 없었다. 아이는 입에 아이스크림을 문 채 목발을 휘저으며 팔 없는 사내가 사라진 골목으로 걸어갔다.

＊

톳마루 기둥에 머리를 대고 걸터앉은 할머니의 등 너머로 높다란 산의 실루엣이 보였다. 그 위로 달무리 지듯, 태양이 구름 속에 묻혀 있었다. 할머니는 오로지 그쪽에 시선을 둔 채 움직이지 않았다. 해윤은 엊그제 막내 누나가 바꿔 준 휴대전화기를 켜고 이것저것 뒤적거리면서 이따금 할머니의 뒷모습을 쳐다보았다.

오른쪽 옆에 틀어 놓은 선풍기 때문에, 할머니의 머리칼이 바람에 흩날렸다. 백발의 길고 짧은 머리칼이 뒤엉켜 지저분해 보였다. '혹시라도 할머니가 아빠를 찾으면, 얼른 연락해! 너 알아보시면 말동무라도 해 드리고!'라던 아빠의 말을 되새기며, 할머니의 뒷모습을 힐끔거렸다. 시골집에 도착하자마자 잠깐 볼일을 보고 오겠다며 나간 아빠는 한 시간 반이 지나도록 나타나지 않았다. 그나마 다행인 건, 할머니는 거의 한 시간째 아빠를 찾지도, 해윤에게 말을 걸지도 않았다.

그래도 불편하기는 마찬가지였다. 당장 할머니와 단둘이 이 적

막한 집에 남겨진 것부터. 아직은 아무 일이 없었지만, 언제 할머니가 돌아앉아 알 수 없는 말을 늘어놓으며 투박한 손을 뻗어 올지 몰랐으므로. 그럴 때는 어떻게 해야 하나, 생각하니 지레 가슴이 두근거렸다.

어떻게든 오지 말았어야 했다. 그랬다면, 팔 없는 남자와 마주칠 일도 없었을 것이고, 내장이 후드득 떨어지는 고양이 때문에 여전히 속이 메스꺼울 일도 없었을 테니까. 그랬다. 휴대전화기에 코를 박고 있다가도 경기를 일으키듯 자꾸 고개를 쳐들곤 했던 건, 할머니 때문만은 아니었다. 어디선가 환영처럼 팔 없는 남자와 고양이가 눈앞에 나타날지 모른다는 불안함 때문이었다.

나흘 전, '이번 여름휴가는 온 가족이 할머니 댁에서 보내기로 했어!'라고 아빠가 말했을 때, 해윤은 정신이 번쩍 들었다.

무쇠 아빠. 해윤은 그 말부터 생각났다.

할머니는 지난해 설 차례 상 앞에서, 해윤을 그렇게 불렀다. 절을 한 번 하고 일어난 해윤의 손을 붙잡고 놓아주지 않았다. 민망할 정도로 주름진 얼굴을 들이댄 채 빤히 쳐다보았고, 고개를 갸웃거리기도 했다. 그러다가 인상을 찌푸렸다. 별안간 얼굴을 쓰다듬었고, '무쇠 아빠는 늙지도 않아?' 하며 배시시 웃었다. 해윤은 손을 빼내려 했지만, 뼈만 남은 할머니의 손은 생각보다 억셌다. 한참 동안, 그 낯선 손길을 벗어날 수가 없었다.

할머니는 두어 시간 만에 정신이 돌아왔고, 며칠이 지난 후, 아빠와 엄마가 나누는 대화를 듣고서야 그 이유를 알 수 있었다. '치매 초기 증상이라는데 문제없을까요?', '항상 그런 건 아니고, 정신이 들어왔다가 나갔다가 하신다는 거야.', '아무리 그래도 어머님을 혼자 시골에 두는 건 좀….', '그럼, 어떻게 해? 멀쩡한 정신으로 돌아와서는, 한사코 시골로 가시겠다는데? 그래서 그 동네 분께 부탁해 놨어. 전주댁 아주머니라고 알지? 나랑 비슷한 또래잖아. 바로 이웃집에 사시며 지금도 어머님이랑 말벗도 하고 그러신대. 사례도 해 드리기로 했고…. 나라도 종종 들러 봐야지.', '휴우! 아니, 어머님은 왜 아직도 그 시골을 고집하시는지 모르겠어요. 할 이야기는 아니지만, 이제 자식들도 나이가 있는데….', '그래도 명절 때마다, 우리가 내려가지 않고, 이리로 올라오시는 게 어디야? 잘 돌봐 드리면 나아지시지 않을까?' 무쇠가 아빠의 태명이란 것도 그때 알았다.

하지만 할머니는 작년 추석 때도 그랬고, 올 설에도 그랬다. 할머니는 명절 때마다 서울에 올라와 한바탕 난리를 치고 나서야 다시 시골로 내려가곤 했다.

그러나 그 이유를 알았다고 해서 달라질 것은 없었다. 해윤은 학원이니, 과외니, 보충수업까지 들먹이며 저항(!)했다. 하지만 아빠는 '이번이 마지막이야! 여름만 지나고 요양병원에 모시기로 했어. 할머니도 그런다고 하셨고'라는 말로 설득했다. 거기에는 넘어

가지 않았다. 그러나 아빠는, '할머니가 네게 왜 그러시는지 알잖아. 이제 곧 성인이 되는 놈이 그런 거 하나 이해 못 해? 너도 할아버지 사진 봤잖아. 할아버지 젊었을 때 모습이 지금 너랑 똑같아. 얼마나 그리우셨으면…' 하며 눈시울을 붉혔다.

아빠가 감정에 호소를 하는 순간, 일단 무릎이 반쯤 접혔다. 그냥 두면 또 70년 전의 옛날이야기가 끊이지 않고 흘러나올 것이기 때문에. '네 할머니가 말이다. 이 아빠를 가졌을 때, 할아버지는 덜컥 전쟁터에 나가셨지. 그런 할아버지를 밤이나 낮이나, 비가 오나 눈이 오나, 기다리고 또 기다리고. 기다리다가 지쳐서 툇마루 기둥에 머리를 대고 잠드신 게 한두 번이 아니다. 아빠가 어릴 때도 수십 번도 더 보았다. 그런 할머니를…. 그래서 차례 상에 할아버지 밥은 놓지 못하게 하시잖니?'

해윤은 그 반복되는 레퍼토리를 또 견딜 재간이 없었다. 도대체 언제 적 조상님들 이야기란 말인가? 결정적으로, 막내 누나가, '너 핸드폰 바꾸고 싶다고 했지? 최신형으로 바꿔 줄게. 그리고 누나도 따라갈 거야' 했다. 그 때문에 해윤은 얼결에, '알았다고요!' 하고 말았다. 그게 며칠 전 일이었고, 오늘 아침에는 늑장을 부릴 대로 부리다가 '잠깐만 견디면 되겠지', 하면서 아빠의 차에 올라탔다. 그런 뒤로 자동차는 내내 북쪽으로 달렸다. 동두천을 지날 때까지만 해도 괜찮더니, 길옆으로 군부대가 자주 보이고 통일이 어떻고, 하는 구호가 써진 간판들이 보일 때부터 멀미를 시작했다.

'밤이나 낮이나, 비가 오나 눈이 오나….'

아빠의 말 한 마디가 머릿속을 떠돌았다. 그 때문인지 몰라도 한 번 할머니에게 머문 눈길을 쉽사리 거둘 수 없었다. 결국엔 할머니의 뒷모습뿐만 아니라, 그 어깨 너머의 마당과 대문 앞, 그리고 또 저 멀리 높은 산의 실루엣까지 훑어 내렸다. 할머니의 시선이 머물러 있을 그곳.

그러나 금세 무료해졌다. 해윤은 한쪽 벽에 기댔다. 눈을 깜박거리며 두어 번 하품을 했다. 그러다가 까무룩 졸았나, 싶었다. 얼마나 시간이 흘렀는지도 잘 알 수가 없었다. 얼결에 게슴츠레 눈을 떴는데, 할머니가 보이지 않았다. 대신 저편 앞 안마당에서 누군가의 모습이 아른거렸다. 이웃집 사람이겠거니, 했다. 시골 사람들이야, 남의 집을 제집 드나들 듯이 하니까. 그래서 그다지 신경 쓰지 않았고, 더구나 그의 몸은 마루 기둥에 절반이나 가려져 있어서 온전히 누구인지 알 길이 없었다.

그런데 그때, 눈에 들어오는 것이 있었다. 짐승의 머리통을 닮은 것이 허공에서 맴을 돌았다. 그것은 누군가의 손에 대롱대롱 매달려 있는 모양새였다. 게다가 핏물처럼 붉은 물이 뚝뚝 떨어졌다. 해윤은 숨을 멈추었고 반사적으로 눈을 번쩍 떴다. 몸을 일으켜 세웠다.

헉!

그가 누구인지 확인하는 순간, 해윤은 더 질겁을 하고 말았다. 팔 없는 남자였다. 고양이를 그러쥐고 골목길로 사라졌던 바로 그 남자. 해윤은 앉은 채로 버둥거렸다.

"전주댁한테 고맙다고 전하고! 울 손주가 매운탕을 좋아할랑가 모르겠네."

부엌에서 나온 할머니가 큰 그릇을 내밀었다. 팔 없는 남자는 손에 들고 있던 것을 그 안에 담았다. 얼핏 보니 빨간 양파 주머니였다. 그는 이쪽을 한번 힐끗 쳐다본 다음, 씩 웃고는 대문 밖으로 나갔다.

"어휴! 쪼만한 개천에서 많이도 잡았네. 이것 좀 봐라! 내 이걸로 얼른 매운탕 끓여 주마. 배고프지?"

할머니는 구태여 내 쪽으로 바구니를 들어 보였다. 그 안에는, 손바닥만 한 물고기부터 팔뚝 길이만큼 꽤 큰 것까지 잔뜩 담겨 있었다. 어떤 놈은 살아서 빨간 양파 주머니 속에서 파닥거렸다. 잠깐 그것을 쳐다본 다음, 고개를 들었을 때 할머니는 굽은 허리를 토닥이면서 옅은 미소를 지어 보였다.

*

팔 없는 남자 옆에, 또 팔 없는 노인, 그리고 그 맞은편에는 한눈에도 알아볼 만큼 한쪽 머리가 움푹 들어간 중늙은이. 30분이 더 지났을 즈음에는 한쪽 다리가 없는 젊은 남자가 아빠 옆에 앉았다. 게다가 마지막으로 고기 불판 앞에 합류한 남자는 한눈에 보아도,

동남아시아 계통의 외국인이었다. 콧수염이 그랬고, 유독 검은 피부도 마찬가지였다.

해윤은 한 번도 이런 그림을 상상해 본 적이 없었다. 불편함, 그리고 왠지 모를 무서움 때문에 이 자리를 피하고픈 생각뿐이었다. 하지만 그래 봐야 바깥은 가로등 하나 없는 캄캄한 시골길뿐이었다. 팔 없는 남자와 고양이를 보지 않았다면 모를까, 낯선 거리를 헤매고 다닐 자신이 없었다.

물론 이 지옥도의 한 장면 같은 현실이 어떻게 가능했던 건지, 그 이유를 곧 알게 되었음에도 어쩔 수가 없었다. 아니, 어쩌면 그 때문에 더더욱 밖으로 나갈 엄두가 나지 않았는지 몰랐다.

세상에, 지뢰라니!

너무나 비현실적인 단어였다. 게임에서나 한두 번쯤 들은 게 전부 아니었을까. 그런 단어가, 지금처럼 팔과 다리를 잃고 고기 불판 앞에 둘러앉은 노인들 사이에 불쑥 끼어들 수 있다고?

아빠는 해가 산 저편으로 넘어간 다음에야 나타나 할머니에게 '어머니, 오늘은 동네 사람들 모아서 고기 굽기로 했어요. 그동안 어머니 도와드린 전주댁도 오라고 했고, 그분 아들 있죠? 아까 물고기 잡아 왔다던데요. 전부 다 들르라고 했어요. 송별회 같은 거예요'라더니, 대뜸 마당 한가운데에 그릴을 설치하고 고기를 구웠다. 그때부터 하나둘씩 둘러앉았는데, 구태여 아빠는 나까지 그 자리에 끌어내렸다. 할머니를 돌봐 주신 분들께 인사를 드려야 한다

나? 그래서 인사만 하려는데, 머리카락이 하나도 없는 노인이 구태여 나를 붙잡아 앉혔다. '애가 그 늦둥이라고? 게 앉아서 고기 좀 먹어!' 했다. 눈치를 보다가 결국 앉아 버렸고, 해윤은 '지옥도'의 한 장면에 고스란히 담기고 말았다.

그러고 나자마자 지뢰 이야기가 나왔다. 처음에는 사투리도 아니고 표준말도 아닌 어정쩡한 어투로, '그래두 그 나이에 여간 정정하신 게 아녀! 누가 저 노인네를 아흔이 다 됐다고 할 거야?'라거나, '그게 다 이 철원이란 동네가 공기가 좋아 그런 게지. 코앞이 휴전선인데 공장이 있기를 해, 뭐가 있어?'라는 말들이 오갔다. 막 상추와 깻잎을 씻어 놓고 간 할머니 이야기를 하는 것쯤은 짐작할 수 있었다. 머리가 움푹 들어간 남자가, '아, 공기만 그러나요? 물 좋지, 사람 좋지. 안 좋은 게 어디 있다구?' 하며 말을 받을 때까지는 그저 시골 노인들의 한가로운 수다구나, 싶었다. 그런데 그가 말끝에, '지뢰 빼고…'라면서 쓸쓸하게 뒤끝을 남겼다.

그러자마자 약속한 듯 입을 다물었고, 잠시 후에 하나둘 한숨을 내쉬었다.

"그래도 요즘은 없지?"

"없기는 왜 없겠어요? 말을 안 해서 그렇지, 저 윗말에서는 작년에도 한 방 터졌지. 저기 카말, 쟤 다리 물어 간 것도 삼 년 안짝일 게요, 아마!"

아빠가 문득 입을 열었고, 머리가 움푹 들어간 남자가 대꾸했다.

그는 하필 움푹 들어간 자리를 긁적거리면서 고기를 뒤집던 집게로 동남아시아 사람처럼 생긴 남자를 가리켰다. 해윤은 자신도 모르게 그쪽을 힐끗거렸다. 그때, 방금 전 남자가 연기를 내고 있는 돼지고기를 뒤집으며 한마디 더 했다.

"저기 카말도 참 기구해. 즈덜 아버지도 지뢰 밟아서 돌아가셨대요!"

"그게 뭔 소리야? 쟤 아부지도 여기 살았던 거여? 쟤는 파키스탄서 왔다면서?"

"여기서 그런 게 아니구요. 그 나라도 뭐 전쟁 치르느라 지뢰가 사방 천지랍디다. 농사짓다가 지뢰를 밟았다 하대요. 그래서 살 길이 막막해서 저넘이 산업연수생으로 와서 어찌 하다가 여기까지 흘러온 것인디…. 하이고, 전쟁이 끝나도 끝난 게 아니라니까요."

머리가 움푹 들어간 남자는 안쓰러워서 그랬는지 카말 앞으로 다 구운 고기 몇 점을 내려놓으며 말했고, 잠시 후에 덧붙였다.

"암튼 카말이가 동네서 아주 일꾼이에요. 여기 형님 댁 저 창고 수리한 것도 애 카말이여요. 산업연수생인가 뭔가 했다더만 손이 아주 야무져요!"

대문 옆 오른쪽 담장과 붙어 있는 허름한 창고를 가리켰다.

"그래? 난 진수 자네가 한 줄 알았지. 아무튼 고맙구먼. 카말, 한 잔 받아!"

아빠가 카말에게 소주잔을 건넸다. 그러자 카말이 흰 이를 드러내며 웃었다.

잠시 말이 끊어졌다. 기름이 떨어졌는지 숯불이 훅 달아올랐다. 해윤은 반사적으로 고개를 치켜들었다. 그러다가 불빛에 드러난 팔 없는 사내의 얼굴이 시선에 들어왔다. 고양이 모가지를 움켜쥐고 길을 건너던 그 사내는 둥글게 둘러앉은 다른 사람들과는 달리 조금 더 뒤로 밀려나 앉은 채로 이따금 진수 아저씨가 내미는 고깃덩이를 받아먹고는 묵묵히 앉아 있었다.

해윤은 힐끗 그 남자를 돌아본 다음, 슬그머니 일어났다.

툇마루에 걸터앉아 있어도 아저씨, 아니 노인들의 이야기는 귀에 생생하게 들어왔다.

"…그나저나 생각 잘했어. 자네 어머니 점점 심해지는 거 같아서 여간 걱정이 돼야지."

"그러게 말이에요. 내가 전화로 말 안 했어요? 그게 연고가 없어서 다행이었지, 뭐예요."

말 없는 노인의 말에 중늙은이가 끼어들었다. 그리고 곧바로 아빠가 나섰다.

"무덤 말하는 거지? 근데 그게 무덤이 맞기는 맞아?"

"맞지, 왜 안 맞아요? 나 어릴 적 기억에는 봉분이 꽤 높았다니까 그러네. 아니, 형님! 기억 안 나요? 개천에서 송사리 잡고 가재 잡아서 그 앞에서 귀 먹었는데? 형님이랑 나랑, 작년에 돌아가신 윤수 형님이랑 죄다 모여서. 거기가 우리 어릴 적 놀이터 아녔어요?"

아빠의 되묻는 말에 중늙은이가 설득이라도 시키려는 건지 손으로 담 너머 어느 한편을 가리키며 말했다. 아빠는 알겠다는 것인지 고개를 끄덕였다. 그때 팔 없는 노인이 나섰다.

"하긴 그짝에 연고 없는 무덤이 여럿 있어. 그나저나 자네 어머니는 왜 그 무덤을 파헤친 겐지….'

문득 뒷목이 서늘해졌다.

무덤을 파헤치다니? 할머니가?

해윤은 재빨리 두리번거렸다. 부엌에 들어갔는지 할머니는 보이지 않았다. 그런 참에, 팔 없는 노인이 물었다.

"그럼, 그 소복을 입고 돌아다니신다는 말은 뭐여?"

"그건 여러 번 봤어요. 뭔 보퉁이를 끌어안고 밤에 어딘가를 바삐 가시더라구요. 아, 무덤을 파헤치실 때도 소복을 입으셨던 것 같던데?"

"맞아. 민상이가 여러 번 모시고 내려왔댔지?"

중늙은이가 이번에는 고양이 모가지를 움켜쥐고 가던 남자를 향해 물었다. 그러자 남자는 고개를 끄덕였다. 주위의 공기가 서늘해지는 기분이 들었다. 해윤은 다시 한 번 두리번거렸다.

"비 올 때마다 개천 따라 헤매고 다니셔서 군인 애덜이 모시고 내려온 적이 한두 번이 아니구만요."

잠시 대꾸가 없는 틈을 타서 중늙은이가 한마디 더 했다.

"그래도 용하신 분이여. 그렇게 돌아다니시는데 지뢰 한 번 안 밟은 것만 봐도…. 이제라도 서울로 모신다니, 다행이여."

팔 없는 노인이 이 중늙은이의 말을 받았을 때, 할머니가 부엌에서 나왔다. 접시에 수북이 담은 김치를 그릴 옆 간이 테이블 위에 올려놓았다. 뒤따라 전주댁(이 분명한) 할머니가 연신 부엌과 마당을 오가며 상추며 깻잎, 마늘과 고추를 날라다 주었다. 그러자 불판 주위에 모여 앉은 노인들은, '어머니도 이리 오세요!'라며 목소리를 높였고, 그러면 할머니는 잠시 그 틈에 앉았다가 또 일어나 된장찌개를 끓여다 날랐다. 그리고 조금 시간이 지난 다음에는 전주댁 할머니와 부엌 앞에 따로 상을 차리고 앉았다.

해윤은 방금 전 들은 말들을 헤아리느라 정신이 없었다. 무덤을 파헤쳤다는 말에, 소복을 입고 돌아다니신다는 말 때문에, 할머니를 자꾸 힐끗거려야 했다. 그러는 사이, 할머니가 '이리 와서 밥 좀 더 먹든지?'라고 물었지만, 해윤은 얼결에 크게 손사래를 쳤다. 그러고 나서 무안했지만, 이미 지난 일이었다. 아마 긴장을 해서 더 먹고 싶어도 음식물이 목구멍을 넘어가지 않을 게 분명했다.

해윤은 휴대전화기만 만지작거렸다. 메시지 창을 거듭 확인해 봐도 엄마와 큰누나에게서는 연락이 오지 않았다. 여전히 지루했고, 불편한 마음도 그대로였다.

> 엄마, 언제 와요?

그 메시지를 보낸 지가 두 시간이 넘었지만, 엄마는 읽지도 않은 채였다. 전화를 걸어도 묵묵부답이었다. 물론 엄마가 온다고 해도 달라질 건 없었다. 아니, 설사 막내 누나가 온다고 한들 꿔다 놓은 보릿자루 신세는 면치 못할 거였다. 열다섯 살이나 차이 나는 막내 누나는 누나가 아니었다. 이모 혹은 고모가 더 어울릴 거였다.

하아!

해윤은 생각하다가 말고, 긴 한숨을 내쉬었다. 어떻게든 오지 말았어야 한다고, 다시 한 번 자신을 몰아세웠다. 가능한 가족과 섞이지 말아야 한다는 걸 진작 알지 않았느냐면서 제 머리통을 쥐어 박았다.

해윤은 작은 누나와는 열다섯 살 차이가 나고, 큰누나와는 열아홉 살, 형과는 무려 스물두 살이나 차이가 났다. 아빠를, 친구들은 할아버지냐고 물었다. 큰누나와 다닐 때, 도리어 '엄마랑 닮았네!'라는 사람이 있었다. 왠지 모르게 그런 일들이 한없이 부끄러웠다. 어렸을 때는, '넌 다리 밑에서 주워 왔어!'라는 고리짝 농담이 진짜일지 모른다고 진지하게 생각한 적도 여러 번이었다. 아, 그런 농담을 하는 사람들과 형제라니! 무슨 판타지 막장 드라마도 아니고! '엄마랑 아빠가 나이 차가 많이 나지만 않았어도 넌 태어나지도 못했어'라는 작은누나의 말은 위로가 되지 않았다.

해윤은 머리를 저어 댔다. 그러면서 사랑방으로 들어가 벌렁 누웠다. 천장의 벽지가 군데군데 누렇게 바래 있는 것이 보였다. 어디선가 퀴퀴한 냄새도 났다. 흐릿한 형광등 불빛 아래에 날벌레가 서너 마리 돌아다녔다.

해윤은, 이 우울한 '전쟁'의 전리품으로 얻어 낸 휴대전화기를 만지작거렸다.

＊

> …한때는 민통선 지역 안에 있어서 일반인은 출입조차 어려웠던 곳이다. 한낮에도 지나다니는 사람이 없어 더없이 조용하지만, 전쟁 당시에는 밤낮으로 총소리가 끊이지 않았다. 남쪽으로는 철원평야가, 그리고 북쪽으로는 백마고지가 지척이고, 그 코앞이 휴전선이다. 그래서 이 마을은 명실상부한 휴전선 아래 첫 남쪽 마을이다. 수많은 적과 아군이 아까운 목숨을 잃었던 곳, 최근까지 유실 지뢰 때문에 죽거나 손발이 끊긴 사람들의 한이 맺힌 마을이기도 하다. 서너 집 건너 한 집 꼴로 팔과 다리가 없는 사람이 한 사람씩은 꼭 있는 이 마을을, 사람들은 '지뢰 마을'이라 부르기도 했다. 어쩌면 70년 전에 끊긴 총성이 아직도 메아리처럼 들리는 곳이라 할 수….

누워 있던 해윤은 곧바로 일어나 앉았다. 휴대전화기를 만지작거리다가 얼결에 아빠의 고향 마을 이름이 기억나 검색했더니, 누군가의 블로그에 그런 글이 쓰여 있었다. 두어 번 더 읽고, 또 다른 글을 뒤적거렸다. 그중에서도 유독, '길 아닌 곳으로는 절대 갈 수 없는 곳'이라는 문구가 눈에 들어왔다.

조금은 이해가 되었다. 이 마을이 왜 '지옥도'가 되어 버렸는지. 손발이 잘려 나간 사람들이 모여 사는 이유를. 물론 그렇다고 종일 섬뜩했던 기분이 나아지지는 않았지만.

그러나저러나 아빠의 고향이 이런 곳이었어? 그동안 네댓 번, 아빠를 따라 이곳을 오갔지만 큰 관심은 없었다. 그것도 아주 어릴 때뿐이어서 그저 군부대가 많고 '시골'이란 느낌 외에는 없었다. 초등학교 다닐 때부터는, 명절 때도 할머니가 서울로 올라왔기 때문에 더더욱. 그런데 이토록 살벌한 곳이었다고?

해윤은 자신도 모르게 머리를 저었다. 그리고 문득 생각했다.

'그럼, 할머니가 한없이 바라보던 저 앞이 혹시 백마고지? 그리고 그 바로 너머가 휴전선….'

하아!

해윤은 또 다른 공포감이 밀려드는 기분이었다. 그러면서도 한쪽 머리에는 궁금증이 밀려들었다.

'이런 곳을, 왜 할머니는 이곳을 떠나지 못했던 걸까? 아빠는 도시로 내보냈으면서, 왜 당신은 지금까지 남아 있었던 걸까.'

하지만 해윤은 곧 고개를 저었다. 그게 중요한 게 아니었다.

'이런 곳에 왜 내가 와 있어야 하는 거야?'

그렇게 묻고 나니, 아빠한테 화가 났다. 이런 무시무시한(?) 곳에 나까지 데려왔어야 했나, 싶은 생각이 들자, 어이가 없었다.

그런데 그때였다.

"그래서 지금 어딘데? …연천? 그럼, 아직도 한 시간이나…. 뭐? 그게 무슨 소리야?"

왁자한 아저씨들의 목소리 틈새에서 아빠 목소리가 도드라졌다. 사랑방에 누워 있던 해윤은 문득 눈을 떴고, 귀를 쫑긋 세웠다.

"얼마나 다쳤는데?"

아빠의 목소리가 더 커졌고, 그 바람에 해윤은 벌떡 일어났다. 활짝 열린 방문 너머를 쳐다보았다. 아빠는 카말이 고쳐 주었다는 창고 쪽에서 전화를 받고 있었다. 툇마루 쪽에 켜 놓은 전등에 흐릿하게 비친 아빠의 얼굴은 잔뜩 상기되어 있었다.

그런 얼굴로 아빠는 잠시 후, 전화를 끊더니 해윤에게 다가왔다.

"아빠가 연천에 좀 나갔다가 와야겠다. 엄마랑 누나가 오다가 교통사고가 났단다."

"네? 교통사고요?"

"아, 많이 다친 건 아니고. 사고 처리를 해야 해서. 게다가 누나가 놀라서 운전하기 힘들다는구나."

"그럼…."

"금방 다녀올 테니까. 할머니 잘 보살펴 드리고 있어."

"또, 또요? 나, 혼자요?"

해윤은 경기라도 하듯 되물었다. 자신도 모르게 목소리가 커져서 마당에 있던 노인 둘이 이쪽을 쳐다보았다.

"두어 시간이면 올 거야. 그럴 리는 없지만, 혹시라도 할머니에게 무슨 일이 생기면, 저기 민상 아저씨한테 말씀드리고, 저 오른쪽 옆에 고추밭 있지? 그 옆집이 민상 아저씨 집이야."

"네? 아니…."

해윤은 더듬었다. 그나마 말을 끝맺지도 못했는데, 아빠는 노인들 쪽으로 다가갔다. 그러고는 부산스럽게, 내게 했던 말을 반복했다. 그러자마자 팔 없는 노인이, '어휴! 그럼 가 봐야지!' 했고, 제일 멀쩡한 노인이, '술 두어 잔 한 것 같은데, 괜찮겠어? 내가 한 잔도 안 마셨으니, 운전해 줘야 쓰것구먼' 했다. 그러고는 아빠보다 오히려 한 발 앞서 밖으로 나갔다. 아빠는 할머니에게도 무어라 말하고는 그 뒤를 따랐다.

해윤은 마치 저 혼자 켜 둔 텔레비전 드라마의 한 장면을 보듯, 가만히 지켜보아야만 했다.

'또 할머니랑 단둘이 있으라고요? 나도 따라가면 안 돼요? 언제 오실 건데요?' 그런 말들이 입안에 고여 있었지만, 그 말들이 입 밖으로 채 나오기도 전에 아빠는 이미 대문 밖을 나서는 중이었다.

시간이 느린 화면 움직이듯 더디게 지나갔다. 아빠의 자동차가 멀어지는 소리가 들리고 나서 곧 마당에 피워 놓았던 숯불도 꺼졌다. 노인들도 하나둘씩 돌아갔다. 부엌 쪽에서만 이따금 그릇이 부딪치는 소리와 도란도란 말소리가 들렸다. 할머니와 전주댁 아주머니일 거였다.

해윤은 다시 누웠다. 될 대로 되라지, 하는 생각이 들었다. 그런 마음을 먹을 수 있었던 건 아까보다 긴장감이 훨씬 덜해서일 거였다. 왜 사람들마다 그런 모습을 하고 있었는지 알게 되자 조금 마음이 놓인 덕분이랄까. 팔이 없고, 머리가 움푹 들어간 노인들의 모습이 스칠 때마다 여전히 뒷목이 으스스했지만, 처음만큼은 아니었다.

휴우!

긴 숨을 내쉬고 나서 해윤은 눈을 감았다. 낮부터 너무 긴장한 탓일까. 마음을 놓자 몸이 나른해지면서 졸음이 몰려왔다.

그리고 조금 더 시간이 지났다. 잠깐 잠이 든 찰나에 꿈을 꾸었다. … 어딘지 알 수 없는 길 위에 있었다. 태양이 내리쬐는 거리를 사람들이 하나둘씩 스쳐 지났다. 이상한 건 사람들의 알 수 없는 시선이었다. 하나같이 해윤을 빤히 보며 지나갔다. 노인 하나가 고개를 갸웃거렸고, 아저씨 둘은 쯧쯧, 혀를 차며 지나갔다. 아이들 몇은 두렵다는 듯 피했다. 허리가 굽은 노파는 안쓰럽다는 표정으로 해윤에게서 눈을 떼지 못했다. 얼굴에 뭐라도 묻은 걸까, 싶어서 더듬어 보려는데…. 헉! 팔이 없었다. 오른쪽도 왼쪽도. 아무리 허우적거려도 팔이 보이지 않았다. 그 자리에 주저앉고 말았다. 그

런 채로 또 뭉툭한 팔 끝을 허공에 휘저었다. 그러고 있을 때, 누군
가가 태양을 가려 그림자를 만들어 주었다. 고개를 들어 쳐다보니
할머니였다.

"아…!"

입술을 움찔거리긴 했지만, 말은 나오지 않았다. 겨우 눈을 떴을
때, 할머니가 형광등 불빛을 가린 채 내려다보고 있었다. 할머니는
어느새 옆으로 누워 있는 해윤의 몸을 바로 뉘었다. 그 덕분에 한
참 저렸던 팔이 조금 시원해졌다. 반사적으로 팔을 흔들어 보고서
야 해윤은 안도했다.

"바로 누워 자야제. 그래, 옳지!"

할머니가 혼잣말하듯 중얼거렸다. 아직 정신이 온전히 돌아오
지 않은 해윤은, 자신을 가만히 내려다보고 있는 할머니와 눈을 맞
추었다. 할머니의 얼굴에 미소가 돌았다. 그 때문인지 이마와 입
가의 주름이 더 깊어졌다. 그럼에도 눈가가 촉촉했다. 일어나 앉을
까, 생각했지만 이상하게도 몸이 젖은 솜처럼 무거웠다. 꿈틀거리
긴 했다. 하지만 할머니가 가슴을 토닥였다.

"어여 더 자. 니 어미 오면 깨울 모양이니까."

그 손길에 해윤은 더 무기력해졌다. 실눈마저 감았다. 할머니의
목소리가 아련하게 귓가에 들려왔다.

"어찌 이리 똑같이 생겼누? 그때 그 모습 그대루여. 어찌 그
리…."

그 목소리는 마치 속삭이는 듯 들렸고, 점점 더 작아졌다.

＊

오래지 않아 눈을 떴을 때, 소리가 먼저 들렸다. 바람 소리인 줄 알았지만, 귀를 쫑긋 세우고 나니, 그도 아닌 것 같았다. 다만 조금은 기괴하게 들려서 배만 가리고 있던 홑이불을 어깨까지 끌어올렸다. 그런 뒤에는 또 아무 소리도 들리지 않았으므로, 해윤은 눈을 뜬 김에 휴대전화기를 켰다. 막 11시가 넘어서고 있었다. 상단의 메시지 도착 알림 아이콘을 눌러 메시지를 확인했다.

> 가고 있으니까, 조금만 기다려.
> 먼저 자도 되고.

한 시간 전쯤 막내 누나가 보낸 메시지였다. 누나 말대로 더 잘까, 하다가 일어났다. 목이 말라서였다. 해윤은 아까보다는 가벼워진 몸을 일으켜 마루로 나갔다. 하지만 채 냉장고 앞에 다가가기도 전에 걸음을 멈추고 말았다.

"으으흐! 으흐흐흐!"

신음 소리였다. 아니, 잠깐 끊겼다가 다시 들려온 건, 틀림없이 울음소리였다. 불시에 얼음물을 뒤집어쓴 기분이었다. 숨까지 멈춘 채 소리가 들려온 쪽을 가늠했다. 그러자 마치 기다렸다는 듯 다시 한 번 소리가 들려왔다.

"으흐흐흐!"

해윤은 얼결에 아랫입술을 꾹 깨물었다. 소리가 난 방향을 짚었다. 카말이 손봐 주었다는 그 허름한 창고 쪽이 분명했다. 발이 떼어지지 않았지만, 찬찬히 걸음을 옮겼다. 마루에서 내려서서 환한 불빛이 새어 나오는 창 쪽으로 더듬어 갔다.

숨을 멈추고 창 너머를 들여다보았다. 할머니가 거기에 있었다. 이름을 알 수 없는 농기구들이 어지럽게 흩어져 있는 창고 한복판에.

할머니는 뒷모습만 보였다. 조금씩 움직일 때마다 그 앞에 놓인 나무 상자가 언뜻 눈에 들어왔는데, 한눈에 보아도 아주 오래된 것 같았다. 할머니는 주저앉은 채로 상자 안을 뒤적거리다가, 그 안에서 무언가를 꺼내 가만히 내려다보곤 했다. 그걸 보면서, 방금 전처럼 신음을 뱉어 내듯 울다가, 또 다른 것을 꺼내 쓰다듬으며, '어휴! 어휴!'라는 소리를 내기도 했다.

해윤은 어떻게 해야 할지 몰라 잠시 지켜보고만 있었다. 그러다가 자신도 모르게 고개를 끄덕였다. 지금 잠깐 정신이 나가신 거라고. 그래서 뒤로 물러났다. 혹시라도 그런 정신으로 자신에게 달려들기라도 하면…? 그 생각이 들자 겁이 났다. 또 손목을 붙들어 앉히고 얼굴을 쓰다듬고 하염없이 쳐다보거나, 알 수 없는 소리를 해 댈지 모른다고 생각하니, 실큼했다.

그래서 한 걸음 더 물러났다. 그런데 그때, 할머니가 벌떡 일어났다. 그러더니 무언가 일일이 하나씩 꺼내 보던 것을 상자에 다시 담았다. 할머니는 상자 뚜껑을 잘 덮어 왼편의, 선반 위에 올려놓았다. 그러고 보니 그 선반 위에는 비슷한 상자 한 개가 더 있었다.

할머니는 창고 바깥으로 나갔다. 그리고 잠시 마당 안을 서성거렸다. 마루 쪽을 힐끔 쳐다보기도 했고, 제자리를 맴돌기도 했다. 얼핏 보면 무슨 이유로 초조해 하는 듯했다.

곧 할머니는 대문 쪽으로 걸어가더니, 문턱에서 뒤를 한 번 더 힐끗 쳐다본 다음 밖으로 나섰다. 해윤은 으레 그러려고 했던 것처럼 창고로 들어갔다. 주저할 것도 없이 할머니가 꺼내 보던 상자를 선반에서 끌어내렸다. 합판으로 엉성하게 만든 상자였다. 여기저기 덧댄 자국이 보였고 그나마 한쪽 귀퉁이에서는 쥐가 갉아먹은 흔적도 눈에 띄었다.

해윤은 조심스레 뚜껑을 열었다. 한쪽 바닥을 차지하고 있는 탄피들이 제일 먼저 눈에 들어왔다. 처음에는 그게 무얼까, 갸웃거렸지만 영화에서 보았던 장면이 떠올랐고, 그것이 탄피임을 직감했다. 크고 작은 것이 섞여 있었고, 어떤 것은 반짝거렸지만, 어떤 것들은 잔뜩 녹이 슬어 거무튀튀했다.

그리고 상자 안에는, 노란 줄이 세 개 그려져 있는, 손가락 두세 개 크기만 한 군복 색깔의 헝겊 조각 몇 개와 가운데 빨간 별이 그려진 배지 같은 것들도 있었다. 심지어 흙이 잔뜩 묻은 모자도 있었는데, 거기에도 빨간 별이 그려져 있었다. 용도를 알 수 없는, 그러나 녹이 잔뜩 슬어 있는 쇳조각도 눈에 띄었다. 그러고는 딱히 이상할 건 없었다. 그래서 해윤은 상자를 밀어놓고, 또 다른 상자 쪽으로 시선을 돌렸다.

그러다가 상자를 다시 끌어당겼다. 정확히 무언지 알 수 없는 생각의 한 가닥이 자꾸만 가칫거리는 듯해서였다. 해윤은 배지처럼 생긴 별을 집어 들어 휴대전화기로 사진을 찍었다. 그리고 검색 사이트를 열고 이미지 검색 기능을 실행시켰다.

아!

휴대전화기 화면에는 상자에 들어 있는 것과 똑같은 그림들이 수도 없이 많았다. 문제는 그것이 '인민군 계급장'이라는 것이었다. 그 때문에 해윤은 잠시 머리가 쭈뼛거렸다. 그러더니 갑자기 상상이 비약했다. 할머니는 왜 하필이면 이런 걸 모으고 있었을까?

'혹시 간ㅊ…'

자신도 모르게 그 말을 떠올리다가, 해윤은 두 번째 음절 초성에서 멈추었다. 가당치도 않고, 어이가 없어서이기도 했다.

'할머니가? 설마…. 그렇지 않으면 왜 할머니는 저런 것을 모아 놓은 거야? 그리고 평생을 이곳을 떠나지 않고 사셨다잖아. 꼭 그럴 이유가 있었던 거라면….'

그 탓에 심장마저 마구 뛰었다.

그런데 그때였다. 문득 인기척이 느껴졌고, 반사적으로 돌아보았는데, 문 앞에 할머니가 딱 버티고 서 있었다.

"하, 할머…."

얼결에 입을 열었지만, 그마저도 뒷걸음질을 치느라 다 맺지를 못했다. 그런데 할머니는 해윤을 보는 듯 마는 듯하더니, 상자 속의 물건들을 손에 들고 있던 보퉁이에 마구 담아 넣었다. 선반 위에 있던 나머지 상자 하나도 열어 이것저것을 집어넣었다. 그러고는 보퉁이를 끌어안고 밖으로 나갔다.

"하, 할머니!"

이번엔 용기를 내서 소리를 높였다. 하지만 할머니는 돌아보지 않았다.

＊

할머니는 문밖으로 나서더니, 도로를 가로질렀다. 그리고 맞은편 허름한 2층짜리 건물 사이의 골목길로 들어갔다. 해윤은 얼결에 따르고 있었지만, 계속 따라가야 할지 판단을 내릴 수가 없었다. 무슨 일이 생기면, 민상 아저씨를 찾아가라던 아빠의 말이 생각났다. 그렇지만 이미 그쪽으로부터 점점 멀어지고 있었다. 어떻게 해야 할지 여전히 판단을 내리지 못하고, 해윤은 뒤를 자꾸 돌아보았다.

안 되겠다, 싶었다. 해윤은 뛰어가서 할머니를 붙잡았다.

"할머니, 어디 가세요? 캄캄해서 넘어져요."

그러자 할머니가 멈추어 서더니 해윤을 쳐다보았다. 가슴에는 보물이라도 되는 듯 보퉁이를 힘주어 끌어안고 있었다. 그런데 왜일까. 할머니가 손가락을 입에 댔다.

"쉿!"

"할머니!"

해윤은 소리를 높였다. 하지만 그러자마자 할머니는 돌아서서 산비탈 길로 오르기 시작했다. 그다지 가파르지가 않아서, 느리긴 해도 할머니는 멈춤 없이 앞으로 나아갔다. 달려가 할머니를 붙잡을까, 싶은 생각이 들었지만, 선뜻 그러지를 못했다. 용기가 나지 않았다. 자꾸만 무서워졌고, 이대로 그냥 달아나고픈 마음이 더 컸다.

하지만 또 그럴 수만은 없겠다는 생각이 들었다. 할머니를 모른 체할 수만은 없지 않은가.

해윤은 얼른 할머니를 따라잡았다. 그리고 팔을 붙잡았다. 하지만 동시에 할머니는 온몸을 휘돌려 해윤의 팔을 거칠게 뿌리쳤다. 그 바람에 해윤은 할머니와 몸이 부딪쳤고, 순간 할머니가 품고 있던 보퉁이가 땅에 떨어졌다. 그리고 그 안에 들었던 물건들이 비탈진 바닥에 흩어졌다.

"아이고! 이걸 어째?"

할머니는 재빨리 허리를 굽혀 땅을 휘젓듯 보퉁이에서 떨어져 나온 물건들을 다시 주워 담기 시작했다. 마치 아이들이 징징거리듯이, '아이고, 아이고!'를 반복하면서 컴컴한 바닥을 휘저었다. 보름달이 비추고는 있었지만, 바닥에 무엇이 있는지 구분하기는 쉽지 않았다.

해윤은 휴대전화기를 꺼내, 플래시 기능을 실행하고 바닥을 비추었다. 녹슨 쇳덩이부터 시작해서 인민군 계급장은 물론, 알 수 없는 플라스틱 조각, 낡은 모자…. 그런데 조금 아래쪽에 상자 안에서는 보지 못했던 자줏빛 주머니가 보였다. 웬만한 노트 크기였는데, 붉은색 끈으로 둘둘 말려 있었다. 해윤은 얼른 그것을 집어 들었다. 무엇이 들어 있는지 불룩한 주머니가 꽤 묵직했다.

"할머니, 이건…."

그런데 그때, 할머니가 재빨리 해윤이 들고 있던 보퉁이를 가로챘다. 그 바람에 보퉁이는 다시 바닥에 떨어졌고, 워낙 낡은 것이었던지 찢어졌다. 동시에 그 안에 들었던 것들이 쏟아졌다.

"우어어…."

처음에는 무얼까, 싶었지만 해윤은 허연 막대 같은 것을 하나 집어 드는 순간, 알아차렸다. 그것은 뼈였다. 그 때문에 무슨 말이 나오려다가 말고 입속에서 얼어 버렸다. 어깨를 움츠렸고, 주저앉았다. 뼈는 바닥으로 떨어졌다. 자잘한 것부터, 팔뚝 길이만큼 긴 것도 있었다.

그때였다. 할머니가 그것을 보더니 달려들었다. 하지만 바로 앞에서 미끄러지면서 해윤을 밀쳤다. 그 바람에 해윤은 할머니의 몸에 밀려 아래쪽으로 굴렀다.

"아악!"

비탈진 곳이어서 몸을 바로 잡을 수가 없었다. 결국 거의 아래쪽까지 내려와 나무에 머리를 부딪치며 멈추었다. 하지만 머리 말고도 어깨와 왼쪽 발목까지 통증이 심해서 금세 일어날 수가 없었다. 게다가 방금 전에 무엇을 본 것일까, 하는 생각이 들자 온몸에 소름이 돋았다.

'뼈라니? 개나 고양이의 뼈일까?'

그런 생각이 든 것은, 팔 없는 남자의 손에 들려 있던 고양이가 생각나서였다. 하지만 뒤미처 아빠와 둘러앉았던 노인들이 하던 말들이 연이어 떠올랐다. 할머니가 무덤을 파헤쳤다는 말! 그러자마자 해윤은 자신도 모르게 온몸을 파르르 떨었다.

'그렇다면 그 뼈는 동물의 것이 아닐 수도…?'

그 생각에 이르자 아예 숨이 넘어갈 것만 같았다. 안 되겠다, 싶었다. 아빠에게 연락을 해야겠다는 생각이 퍼뜩 들었다. 그런데 전화기가 보이지 않았다. 뒹굴면서 어디론가 떨어진 모양이었다. 플래시 기능을 실행시켜 놓았는데, 어디서도 빛이 보이지 않는 것을 보니, 단단히 숨었거나 망가진 모양이었다.

그때, 할머니가 비탈 위로 허청허청 넘어가는 모습이 보였다. 해윤은 벌떡 일어났다.

"할머니!"

해윤은 자신도 모르게 일어나 그쪽으로 뛰었다. 하지만 곧바로
넘어지고 말았다. 왼쪽 발의 통증이 생각보다 심해서였다. 아마 굴
러떨어질 때 접질리기라도 한 모양이었다. 해윤은 다시 일어나, 절
뚝거리면서 걸었다. 겨우 비탈 위에 올라섰을 때, 시커먼 그림자가
저편 숲 안으로 사라지는 게 보였다.

"할머니!"

소리를 지르며 따라갔다. 그러나 정작 숲 안을 휘돌아보았을 때,
할머니의 모습은 보이지 않았다. 혹시나 하는 생각에 이리저리 사
방을 휘돌아보았지만, 그래도 할머니를 찾을 수 없었다.

하아!

길게 숨을 내쉬었다. 그리고 또 두리번거렸다. 어느 쪽에도 나무
와 풀과 그것들의 시커먼 실루엣밖에는 보이지 않았다. 순간, 해윤
은 머릿속이 하얘지는 기분이었다. 하지만 그것도 잠깐이었다. 곧
바로 무섬증이 치솟아 올랐다. 얼결에 할머니를 따라오긴 했지만,
캄캄한 숲속에 갇혀 있다는 생각이 들자, 머리칼부터 쭈뼛 서는 기
분이었다.

일단 여기서 나가야겠다는 생각이 들었다. 할머니에게 무슨 일
이 생기면, 민상 아저씨를 찾아가라던 아빠의 말이 다시 생각났다.
그게 낫겠다, 싶었다. 아저씨의 몰골 때문에 겁이 나긴 마찬가지였

지만, 여기서 이러고 있을 때가 아니었다.

해윤은 얼른 들어온 방향을 가늠했다. 그런데 채 두어 걸음을 딛지도 못했을 때, 어디선가 소리가 들렸다.

"으흐흐흐!"

울음소리였다. 동시에 누군가가 심장을 움켜쥐는 듯한 느낌이 들었다. 해윤은 반사적으로 몸을 돌렸지만, 조금도 움직이지 못했다. 한 걸음을 나설 때까지는 꽤나 많은 시간이 걸렸다. 그때까지 울음소리는 끊겼다가 이어졌다를 반복했다.

해윤은 주먹을 꼭 쥐고, 소리가 나는 쪽으로 몇 걸음 더 나아갔다. 하지만 다시 네다섯 걸음 만에 멈추어 서고 말았다. 철조망이 앞을 가로막고 있었다. 게다가 가만 살펴보니, 그 철조망 사이에 무언가가 매달려 있는 게 보였다. 역삼각형 모양의 표지판이었다. 그리고 그 표지판 위에는 무슨 글자가 크게 쓰여 있었다. 해윤은 가까이 다가가 보았다. 달빛이, 높게 자란 나무의 이파리 사이로 내리비추고 있었으므로, 글자를 확인하는 건 어렵지 않았다.

지뢰

표지판의 배경으로 그려진 흰색 해골 모양도 함께 보였다. 해윤은 한 걸음도 더 나아갈 수가 없었다. 제자리에 서서 발을 동동 굴렀다. 그런데 하필이면 그때, 철조망 너머로 할머니의 모습이 보였다. 할머니는 불룩하게 솟아오른 바닥을 무언가로 휘젓고 있었다. 땅을 파고 있는 게 분명했다. 다시 한 번 어른들이 했던 말이 떠올랐다. 할머니가 무덤을 파헤친 적이 있다고.

등줄기에 식은땀이 흘렀다. 이제는 앞은커녕, 뒤로도 물러날 수가 없었다. 그렇다고 주저앉기도 힘들었다. 그대로 몸이 굳어 버린 느낌이었다. 숨을 쉬기가 너무나 어려워서 꺽꺽거려야 했다.

"하, 할…."

겨우 용기를 내서 입을 움찔거렸다. 그러자마자 저편 너머에 있던 할머니가 이쪽을 훅 돌아보며 일어났다.

헉!

할머니가 아니었다. 머리칼을 풀어헤친 귀신의 모습이었다.

*

온몸이 말을 듣지 않아서 달아날 수조차 없었다. 입술마저 굳어서 소리 지를 엄두도 내지 못했다. 해윤은 여전히 꺽꺽거리면서, 굳은 듯 서 있어야 했다. 할 수 있는 일이라고는 고작 머리를 들어 하늘을 올려다보는 것뿐이었다. 숲 사이로 내리비치는 달빛이 차갑디차갑게 느껴졌다.

얼마나 시간이 지났을까?

다시 소리가 들렸다. 울음소리는 아니었다. 도란도란 나누는 말소리였다. 해윤은 겨우 목을 내려 저편 앞을 쳐다보았다.

아!

누군가 할머니 곁에 서 있었다. 팔이 하나 없었다. 그림자처럼 검은 형체만 보였지만 틀림없었다.

'그런데 이런 걸 다 어디서 모으신 거예요? 이거 모으기도 힘드셨겠다. 하루 이틀 모은 게 아닌가 봐요.' 저음의 남자 목소리였다. 편안하고 친숙하게 들렸다. 그 말에 잠시 잠잠하다가, 할머니가 뒷말을 받았다. '말해 뭣해? 몇십 년을 모았지. 휴전 나고 얼마 후에 여길 들어왔구. 그때부터지, 뭐. 저 아래 개천 있잖아. 비만 오면 저 북쪽에서 별 게 다 떠내려 왔거든. 국군이 신던 군화도 있었고, 인민군 모자며, 총알 껍데기며, 어떤 때는 숟가락도 떠내려 오더라고. 뼈다구도 그때 주운 거야. 전쟁 때, 저 위쪽에서 엄청나게 싸웠다더만.' 할머니의 말이 어느 때보다 차분하게 들렸다.

'그랬다네요. 지금은 휴전선 딱 그어진 저 산등성이 말이지요?' 남자가 그렇게 말하며 희미한 실루엣만 보이는 높은 산등성이를 가리켰다. 옆에 앉은 할머니는 고개를 끄덕였다.

이어 남자가 또 말했다.

'그런데 이걸 어쩌시려고요. 뭘 찾으신 건데요?' 그러자 할머니는 한숨을 내쉬며 한동안 말을 잇지 않았다. 몇 번 더 길게 숨을 내뱉고 나서야 대답했다.

'수길이 아부지가 저기서 싸우다 죽었다더만…' 할머니는 말끝을 다 맺지 못했다. 수길이는 아빠의 이름이었다. 해윤은 무언가 머릿속을 스치는 게 있어서 자신도 모르는 사이에 고개를 두어 번 끄덕였다. 그 사이에 남자의 목소리가 끼어들었다. '그럼, 혹시라도 아저씨 유해라도 찾으시려던 거예요?'

'말해 뭐하겠어? 뼈다구라도 찾아야지. 그래야 내가 편히 눈감고 따라갈 거 아녀? 이젠 나도 정신이 나갔다가 들어왔다가 하는데?' 할머니의 목소리가 다소 높았다. 그러자 남자가, '무슨 말씀이세요? 아직도 이렇게 정정하신데? 더 오래 사셔야지요?' 했다. 하지만 할머니는 말없이 고개를 저었다.

다시 사위가 고요해졌다.

그때, 나는 얼어붙은 몸이 조금씩 녹아내리고 있다는 사실을 깨달았다. 왜 할머니가 이곳에 오래 버티고 살았는지, 그것만큼은 어렴풋이 이해가 됐기 때문이었다.

'그럼, 이제 안 오실 거예요? 그래서 이거 다 묻고 가려고 올라오신 거예요?' 한참 후에 남자가 물었다. 할머니는 처음에는 아무 대답이 없다가, 숨을 몰아쉬고 입을 열었다.

'응. 이 뼈다구가 누구 건지는 모르지만, 다 수길이 아부지 같은 사람들일 거 아니었어? 그래서 이런 것들을 볼 때마다 괜히 마음이 아프고 슬프고 그러더라고.' 이번에는 남자가 고개를 끄덕였다. 그러자 할머니가 덧붙여 말했다. '어디 뼈다구뿐이겠어? 찢어진 군화도 그렇고, 녹슨 총알도 누구 가슴에 박혔던 것이란 말이지.

장갑도 모자도, 죄다 그 사람 혼이 묻어 있는 거여. 그러니 잘 모셔
주고 가야지. 안 그래?'

'그랬구만요. 그래서 가끔 이렇게 나와 울고 그러셨던 거예요?
그런 것도 모르고 사람들은 할머니가 무덤 파고 다닌다고…. 아,
지금도 댁에 가 보니까, 할머니도 안 계시고 손주도 안 보이길래,
혹시나 해서 얼른 올라와 봤다니깐요. 허허!'

그런 뒤, 더 이상 말은 이어지지 않았고, 문득 어느 쪽에서인지
바람이 불었다. 그 때문에 달빛이 더 밝게 할머니 쪽을 비추었다.
할머니는 품에 가져온 것들을 다 묻은 다음, 맨손으로 땅을 꼼꼼하
게 눌렀다. 그리고 그즈음, 등 뒤쪽 멀리서 낯익은 외침 목소리가
들렸다.

"어머니! 해윤아!"

아빠였다. 그 목소리 때문에 할머니가 이쪽을 돌아보았다. 그리
고 곧바로 해윤을 발견한 듯, '거기 누구…?' 하면서 다가왔다

"아이쿠! 우리 손주! 이 할미가 걱정돼서 여기까지 따라왔어?"

할머니는 아까와는 달리 멀쩡한 모습이었다. 해윤의 손을 덜컥
잡았다. 할머니의 손은 거칠었지만 따뜻했다. 해윤은 허리를 조금
더 굽히고 할머니의 어깨를 꼭 끌어안았다. 갑자기 눈물이 솟았다.
그 때문에 할머니의 품을 더 파고들었다. 무어라 말을 해야겠는데,
섣부르게 입을 열 수가 없었다.

"어이쿠! 이 녀석, 다 커서 어리광 피우는 게야? 한 번도 그런 적

이 없더니, 웬일이래?"

할머니의 말에, 해윤은 품에 안긴 채 머리를 저었다. 그러고 있을 때, 민상 아저씨가 다가와 남아 있는 한 팔로 해윤의 어깨를 몇 번이나 토닥였다. 더 이상 두렵거나 무섭지 않았다.

그때, 아빠의 목소리가 아주 가까이에서 들려왔다.

"어머니, 어디 계세요? 해윤아!"

그제야 겨우 할머니 품에서 빠져나와 하늘을 올려다보았다. 어느새 구름을 빠져나온 달이 유난히 크고 밝았다.

작가의 말

　그때, 할머니와 할아버지는 피난을 다녔고, 그러면서 수많은 사람이 가족과 친지를 잃었으며, 집과 먹을 것이 없어 굶주리기도 했습니다. 아버지와 어머니는 폐허가 된 땅을 다시 일구느라 온몸을 아끼지 않았으며, 그러나 우리는 그때를 지나간 역사로만 기억하고 있습니다.

　그럼, 그때의 상흔은 박물관에 가야 겨우 볼 수 있고, 교과서에만 담겨 있을까요?

　아니요. 조금만 더 북쪽으로 올라가면, 그때의 상흔을 손쉽게 찾아볼 수 있습니다. 은빛 철조망이 아니라도, 휴전선 언저리 가까운 어느 곳에서는, 전쟁이 끝난 뒤에도 한동안 비만 오면 그때 수많은 젊은이가, 원하지 않는 전쟁터에서 스러지면서 남긴 유품들이 종종 흙탕물과 함께 떠내려 왔습니다. 그들이 입고 있었을 법한 찢어진 옷자락과 철모와 탄피까지.

그리고 시간이 꽤 지난 뒤에는, 차마 흙으로도 돌아가지 못한 뼛조각이 이따금씩 또 흙탕물과 함께 모습을 드러내곤 했지요. 물론 지금은 그 작은 뼛조각마저도 볼 수 없어서 전쟁이, 그때의 아픔이 시간 속으로 스며드는 듯합니다.

하지만 그 자리에서 다시 폭탄이 터지기 시작했습니다.

쾅! 쾅쾅!

다시 전쟁이 일어난 줄 알았습니다. 다행히 전쟁은 아니었어요. 남과 북이, 서로 오고 가지 못하게 하느라 골짜기마다, 산 능선마다 묻어 놓은 지뢰가 여기저기서 터졌던 것이지요. 서로 증오하는 마음만큼 많이, 그리고 깊이 묻어 둔 지뢰는 겨우 상흔을 잊고 살아가던 사람들의 몸과 마음을 찢어 놓았습니다. 그때마다, 누구는 다리를 잃고, 또 어떤 사람은 팔을 잃었습니다. 목숨을 잃은 사람도 있고요.

이보다 더 생생한 전쟁이 또 어디에 있을까요?

그곳을 등지고 있느라 몰랐는데 뜻밖에도 '그때'의 일은 아직도 진행 중이었던 것입니다. 그것이 할머니와 할아버지 때의 일이 아니었던 것이에요. 지나간 역사일 수가 없으며, 여전히 우리가 받아들여야 하는 현실입니다.

그러므로 그때의 일은, 오래전에 지난 역사로 기억되어야 하는 게 아니라 '지금 우리의 삶의 일부'로 받아들여야 합니다. 지나간 일이라 묻어서는 안 됩니다. 그러면 지뢰가 그렇듯, 언젠가는 다시 터져 버릴지 모릅니다. 도리어 자꾸만 되새기고 많은 사람의 입에서 오르내려야 치유도 되고, 나아가 그 북쪽도 마음대로 다닐 수 있는 땅이 될 것입니다.

그래서 '그때'를 기억하기 위해서 짧은 이야기를 하나 남겨 놓습니다. 그러므로 이 이야기는 전쟁을 경험한 할머니의 이야기가 아닙니다. 여전히 할머니는 전쟁을 끝내지 못했기에 할아버지를 기다립니다. 할아버지가 돌아오고 나서야 전쟁이 끝나겠지요. 중요한 건, 그 끝나지 않은 전쟁 속에 우리도 있다는 사실입니다. 이 이야기는 여전히 진행 중인 '그때'에서 시작합니다.

럭키 보이

박미연 오랫동안 방송작가로 일하다 뒤늦게 딸 또래의 어린이와 청소년들에게 위로가 되는 글을 쓰고 싶어 '책 쓰는' 작가가 됐다. 지은 책으로는《우리 역사에 숨어 있는 민주주의의 씨앗》(공저),《궁금한 이야기+DMZ》, SF장편동화《시간 고양이-동물이 사라진 세계》, 청소년 소설《부로두웨 마술단》등이 있다.

"야! 김소희. 거기 안 서! 너 잡히면 오늘 내 손에 죽는다."

은지네 패거리가 소리를 질러 대며 쫓아왔다.

소희는 뒤도 돌아보지 않고 전속력으로 내달렸다. 교문에서 튀어나와 분식집과 아트박스, 편의점을 순식간에 지나쳤다. 책가방은 쉴 새 없이 등을 때렸고, 교복치마는 긴 다리에 휘감겼다. 곱슬거리는 머리에서는 쉴 새 없이 땀이 흘러내렸다.

아까부터 손에 쥔 휴대전화에서는 계속 문자가 오고 있었다. 은지인가 싶어 흘깃 보니 발신자는 엄마였다. 보나마나 또 잔소리겠지 싶어 급히 시선을 돌렸다. 지금은 필사적으로 도망쳐야 했다. 오늘은 잡히면 몇 대 맞는 거로 끝나지 않을 터였다.

교차로를 건너 눈에 보이는 아무 골목으로 뛰어들었다. 오른쪽, 왼쪽, 또 오른쪽. 정신없이 골목길을 헤맸다. 심장이 튀어나올 것 같아 더는 뛸 수가 없었다. 소희는 전봇대 뒤에 숨어 헉헉, 숨을 몰아쉬었다. 그때 또 휴대전화가 드르르 떨렸다.

> 너 어딨어? 왜 답장이 없는 거야?
> 빨리 집에 오라니까

그러고 보니 엄마의 문자가 여섯 통이나 와 있었다.

집이라니, 집에 가 봐야 할아버지가 또 그러고 있을 텐데. 소희는 할아버지 생각만 해도 가슴이 답답했다. 또 문자가 오자 혼자소리를 빽 질렀다.

"아, 그만 좀 보내! 집에 가기 싫다고."

하지만 이번엔 은지였다.

> 너 방학식이라고 오늘만
> 넘기면 된다고 생각하나 본데.
> 내가 가만히 있을 줄 알아?

긴 한숨이 새어 나왔다.

은지네 패거리가 학기 초부터 소희를 콕 찍은 건 소희의 피부색 때문이었다. 오늘도 평소처럼 깜둥이로 시작된 욕은 소희가 좋아하는 엑스보이즈 오빠들의 한정판 굿즈를 망가뜨리는 것으로 이어졌다. 은지의 발밑에서 무참하게 부서진 렌티큘러 키링을 보고는 소희의 눈이 홱 돌았다. 순간 소희는 은지에게 하지 말았어야 할 말을 내뱉고 말았다. 그것도 반 아이들이 다 보는 앞에서. 은지는 그대로 달려들어 소희의 머리채를 잡았다. 그때 담임이 들어오지 않았더라면 지금 소희는 무사하지 못했을 것이다. 종례가 끝나자마자 뒷문으로 뛰쳐나간 소희는 여태까지 숨을 헐떡이며 쫓기고 있는 중이었다.

갈 만한 곳을 생각해 봤지만, 괜히 밖에서 얼쩡거리다가 은지 패거리라도 마주치면 낭패였다. 하는 수 없이 소희는 버스정류장으로 향했다.

버스에서 내려 언덕배기 끝에 있는 빌라까지 터벅터벅 걸어 올랐다. 2층 현관문 앞에 서서 번호 키를 누르는 순간까지도 소희는 주저주저했다. 그런데 갑자기 철컥, 안에서 문이 열렸다. 무슨 일인지 큰 여행 가방을 든 엄마였다. 엄마는 소희를 보자 다짜고짜 등짝을 후려쳤다.

"이놈의 계집애. 어디 있다가 이제 온 거야? 응?"

"아파. 아프다고. 뭐야? 왜 그러는 건데?"

잔뜩 짜증을 내면서도 열린 현관문 사이로 슬쩍 집 안을 살폈다. 할아버지는 아침에 봤던 모습 그대로였다. 베란다에 내놓은 의자에 앉아 멍하니 하늘만 보고 계셨다. 새까맣고 주름진 얼굴에 빛바랜 흰 머리카락. 그걸 보는 것만으로도 가슴이 또 답답해졌다.

"부산 외할머니가 갑자기 병원에 입원하셨대. 많이 안 좋으신가 봐. 지금 바로 내려가 봐야 해. 아빠랑은 서울역에서 만나기로 했고."

소희는 외할머니가 아프시다는 말에 눈물부터 핑 돌았다. 주변 친척들이 소희를 두고 혼혈이라고 수군거릴 때마다 유일하게 편이 돼 주셨는데. 걱정이 된 소희는 엄마 팔을 잡으며 매달렸다.

"나도 가. 나도 외할머니한테 갈 거야."

"안 돼. 그럼 할아버지는 누가 돌봐 드려. 잔말 말고 넌 집에 있어. 할아버지가 매운 건 잘 못 드시니까 식사 잘 챙겨 드리고. 빨래 건조대에 할아버지 옷 널어놓은 거 마르면 개서 가져다 드리고. 그리고 또…."

"싫어, 싫다고. 내가 왜? 나도 외할머니한테 갈 거라니까."

"얘가 왜 이래. 네가 가서 무슨 도움이 된다고."

엄마는 소매를 잡고 늘어지는 소희의 손을 소리 나게 탁 쳤다. 그리고 서둘러 서너 계단을 내려가다 갑자기 생각난 듯 돌아봤다.

"아 참, 식탁 위에 작은 약병 있어. 할아버지가 깜빡하실 수도 있으니까 하루에 한 번 네가 꼭 챙겨 드려. 알았지? 이삼 일이면 올 거야. 방학이라고 너무 놀지만 말고."

엄마는 소희의 대답은 듣지도 않고 서둘러 계단을 내려갔다. 현관문 앞에 혼자 남겨진 소희는 어이가 없어 한동안 멍하니 서 있었다. 퍼뜩 정신을 차리자 걱정부터 밀려들었다. 말도 통하지 않는 할아버지와 단둘이 어떻게 지내지?

"아, 몰라. 몰라. 가급적 부딪히지 말고 밥이나 챙겨 드리면 되겠지 뭐."

소희는 그렇게 결론 내린 후 조용히 현관문을 열었다. 조심한다고 했는데 뻑뻑한 현관문은 요란하게 쾅 소리를 내며 닫혔다. 베란다에 있던 할아버지가 돌아보자 소희는 일부러 시선을 피했다. 그러고는 인사를 하는 둥 마는 둥 방으로 후다닥 들어갔다. 책가방을 벗지도 않은 채 침대에 몸을 던졌다. 이번 방학은 시작부터 망한 것 같은 기분이 스멀스멀 밀려들었다.

*

'널 사랑해! 네 전부를 함께하고 싶어~'

눈부신 햇살과 함께 엑스보이즈 오빠들의 달콤한 목소리가 소희의 귓가에 감돌았다. 휴대전화 알람 소리였다. 소희는 몸을 뒤척이다 방학 첫날인데 더 잘까 싶어 눈을 감았다. 문득 이 집 안에 할아버지와 단둘만 있다는 사실을 깨닫자 정신이 번쩍 들었다.

소희는 방 안에서 한참이나 서성이다가 마침내 결심한 듯 거실로 나갔다. 할아버지는 거실 소파에 멍하니 앉아 창밖을 보고 계셨다. 소희는 할아버지가 젊었을 땐 영어를 좀 하셨다는 아빠의 말을 떠올리며 쭈뼛쭈뼛 소파로 다가갔다. 소희가 그나마 좋아하고 잘하는 과목이 영어였다. 그래도 가뜩이나 서먹한 사이에 영어로 첫 대화라니 입이 잘 떨어지지 않았다. 흠흠 헛기침을 몇 번이나 하고

서야 간신히 말을 꺼냈다.

"아침식사 아니, 유 슈드 해브 브렉퍼스트?"

할아버지는 내내 말이 없던 손녀가 난데없이 영어로 말을 걸자 좀 놀라신 듯했다. 이내 손을 내저으며 '아임 오케이' 하셨다. 소희는 혼자 우유에 시리얼을 말아 먹고는 다시 방으로 들어갔다. 그러는 동안에도 할아버지는 꼼짝 않고 앉아만 계셨다.

소희는 수학책을 폈지만, 도무지 눈에 들어오지 않았다.

"아이 씨, 방학하자마자 워터파크도 가고, 오빠들 팬미팅도 가려고 했는데. 꼼짝없이 집에서 할아버지나 돌봐야 한다니. 내가 진짜 이거라도 없었으면 가출했을지도 몰라."

소희는 책상 서랍에서 봉투를 꺼내서는 흐뭇하게 바라봤다. 할아버지 잘 돌보고 있으라는 쪽지와 함께 엄마가 두고 간 거였다. 며칠을 졸라도 안 되던 엑스보이즈 오빠들의 콘서트 티켓이었다.

"그래, 이틀만 참자. 뭐 별일이야 있겠어."

소희는 티켓을 한참이나 어루만지다가 서랍에 넣었다.

그때 휴대전화 화면이 켜지더니 벨이 울리기 시작했다. 헉, 은지였다. 놀란 소희는 보는 사람도 없는데 숨을 죽였다. 한참이나 울리던 휴대전화가 겨우 잠잠해지나 했는데 이번엔 문자가 왔다. 어떤 내용일지 뻔했지만 보지 않을 수 없었다.

> 어쭈, 안 받는다 이거지?
> 이게 제대로 건방을 떠네.
> 너 학원이 어딘지도 다 알아 놨거든.
> 빨랑 자수하는 게 좋을 거다.

단단히 벼르고 있을 은지의 살벌한 표정이 떠올라 소희는 흠칫 몸을 떨었다.

왜 이렇게 된 걸까? 지금 모습만 보면 믿기지 않겠지만 은지는 중2 때 친구였다. 언제나 그랬듯 검은 피부에 곱슬머리를 한 소희에게 친구는 좀처럼 생기지 않았다. 그런 소희에게 은지가 먼저 다가왔다. 무용시간이 막 끝난 후였는데, '너 춤 되게 잘 춘다, 나랑 같이 커버댄스 할래?'라며. 그렇게 은지를 통해 엑스보이즈 오빠들도 알게 됐다. 둘은 같이 음악도 듣고 춤도 추면서 단짝이 됐다. 그런데 언제부터 멀어진 걸까? 소희가 교내 댄스대회에서 상을 탔을 때부터였나? 아니면 은지의 부모님이 이혼했을 때였나? 이상하게 서먹해진 둘은 학년이 바뀌고 반이 갈리면서 자연스럽게 연락이 끊겼다. 그러다 고등학교 교실에서 은지를 마주쳤을 때 소희는 얼마나 반가웠는지 모른다. 하지만 은지는 무섭게 변해 있었다. 누구보다 더 집요하고 악랄하게 소희를 괴롭혔다.

"그래도 그렇지. 그런 말을 해선 안 됐는데. 어이구, 내가 미친년이지. 미친년."

소희는 제 머리를 쿵쿵 쥐어박았다. 아무리 후회해도 엎지른 물을 주워 담을 순 없는 노릇이었다. 당분간은 학원도 못 가겠다 싶어 마음이 무거웠다.

그때 창밖에서 똑, 뚜벅, 똑, 뚜벅 묘한 소리가 들려왔다. 뭐지? 창문을 열고 밖을 살피던 소희의 눈에 들어온 건 지팡이를 짚고 골목길을 내려가고 있는 할아버지였다. 좀 전까지만 해도 거실에 계셨는데 언제 나가신 거지? 화들짝 놀란 소희는 창밖으로 고개를 내밀고 소리쳤다.

"할아버지! 어디…. 아! 참, 웨어 아 유 고잉?"

할아버지는 고개를 들어 소희를 보더니 씩 웃으며 손을 내저었다. 그러고는 이내 걸음을 옮기셨다.

"어우 진짜, 길도 모르면서 어딜 혼자 가시겠다는 거야."

소희는 짜증을 내며 운동화를 대충 구겨 신고는 계단을 우당탕 뛰어 내려갔다.

할아버지는 마침 지나가는 택시를 잡고 계셨다. 다급해진 소희는 '웨이트! 웨이트!' 소리치며 내리막길을 후다닥 내달렸다. 겨우 택시를 탔을 땐 숨이 턱까지 차 말을 할 수조차 없었다.

"용산 워 메모리얼 오브 코리아."

뭐? 용산 전쟁기념관? 할아버지의 목적지를 듣자마자 지루함이 밀려왔다. 으아, 소리 없는 비명을 지르던 소희의 눈에 당황하는 기사 아저씨가 보였다.

"아저씨, 용산 전쟁기념관으로 가 주세요."

소희의 말에 놀란 듯 기사 아저씨가 '아이고, 손녀는 한국어를 엄청 잘하네' 하셨다. 이럴 때 대답을 하면 끝이 없다. 소희는 그냥 웃으며 창밖으로 시선을 돌렸다.

할아버지는 에티오피아 사람이다. 70년 전 한국에서 6·25전쟁이 일어나자 유엔군으로 참전을 하셨단다. 그 일을 인연으로 아들인 소희 아빠를 한국에 산업연수생으로 보냈고, 아빠는 같은 직장에 다니던 소희 엄마와 결혼해 소희를 낳았다. 흑인 혼혈이란 이유로 어릴 때부터 놀림을 당하는 건 일상이었다. 유치원 땐 까만 애는 저리 가라며 모래를 뿌리거나 장난감을 던지는 애들도 많았다. 학교에 들어가서의 기억도 비슷했다. 소희는 전형적인 왕따였다. 최근에도 길을 걷는데 술 취한 아저씨가 난데없이 '너희 나라로 돌아가. 이 깜둥이야'라고 소리쳐서 기겁했었다.

소희는 까만 피부로 태어난 것이 모두 할아버지 때문인 것 같았다. 그래서 할아버지가 진짜 싫었다. 에티오피아에 있던 그 할아버지가 3일 전 갑자기 한국에 오셨다. 최근 들어 자꾸만 '내가 죽기 전에 한국에서 꼭 할 일이 있는데…' 하셨다는데 설마 진짜 오실 줄 몰랐다. 꼭 하실 일이 뭐냐고 물어도 별 대답이 없으셨다. 그러고는 집에서 그저 멍하니 하늘만 쳐다보셨다. 엄마 아빠는 할아버지가 돌아가시기 전에 가족들을 마지막으로 보러 오신 게 아니겠냐고 조심스럽게 추측했다.

어느새 차창 밖으로 전쟁기념관이 보이기 시작했다. 소희는 깊은 한숨을 내쉬었다.

∗

전쟁기념관은 어마어마하게 컸다. 초등학교 때 한 번 단체로 온 적은 있지만, 따로 오기는 처음이었다. 여기저기 두리번거리는 소희와 달리 할아버지는 갈 곳이 정해져 있는지 앞만 보고 걸어가셨다. 키가 크고 허리가 꼿꼿한 할아버지는 지팡이를 짚긴 했지만, 아흔이 다 된 연세치고는 잘 걸으시는 편이었다.

할아버지는 3층 생활전시실로 들어가셨다. 전시실에는 6·25전쟁 때 힘들고 비참했던 피난민의 모습과 당시 풍경이 펼쳐져 있었다. 보따리를 이고 진 아줌마와 지게에 할머니를 지고 가는 아저씨. 엄마를 놓칠까 봐 옷자락을 꼭 쥔 아이들의 사진과 모형들. 할아버지는 거기서 꼭 누군가의 모습을 찾는 듯했다.

그러다 할아버지의 걸음이 딱 멈췄다. 한 흑백사진 앞이었다. 사진 속 아이는 대여섯 살이나 됐을까? 얼굴에 온통 검댕을 묻힌 채 다 해진 옷을 입고 있었다. 악을 쓰며 우는 아이를 가만히 바라보던 할아버지의 눈가가 천천히 젖어 들었다. 주름이 잔뜩 진 거친 손으로 사진을 쓰다듬기까지 하셨다.

"노, 노! 돈 터치! 돈 터치!"

어디선가 경비 아저씨가 달려왔다. 그러고는 소희를 향해서도 똑같이 외쳤다.

"아저씨! 저 한국 사람이거든요. 한국에서 태어나서 여태껏 쭉 살았다고요!"

쏘아붙인 소희는 그대로 몸을 돌렸다. 왜 사진을 만져서, 왜 전쟁기념관에 와서, 왜 하필 한국에 참전을 해서. 이 모든 상황이 다 할아버지의 탓인 것 같아 화가 치밀어 올랐다.

그런데 정작 할아버지는 사진에서 눈을 떼지 못했다. 여전히 손을 뻗으며 주춤주춤 사진으로 다가갔다. 아! 진짜, 짜증나게 왜 저래. 소희는 혼자 가 버릴까 하다가 입술을 깨물며 참았다.

"할아버지…. 그랜드파! 고 홈 나우."

할아버지는 소희의 말이 들리지 않는 듯 자꾸만 사진으로 다가갔다. 경비 아저씨가 스톱, 스톱 하고 외치며 할아버지의 팔을 거칠게 잡아당겼다. 그 바람에 할아버지가 중심을 잃고 비틀거리더니 그만 엉덩방아를 찧고 말았다.

"하, 할아버지. 괜찮으세요?"

깜짝 놀란 소희는 순간 영어로 말하는 것도 잊은 채 소리쳤다. 달려가 할아버지를 부축하는데 속에서 뭔가가 부글부글 끓어올랐다. 좀 전까지만 해도 온갖 원망을 해 댔지만, 다른 사람이 할아버지한테 함부로 하는 건 참을 수가 없었다. 소희는 경비 아저씨를 홱 돌아봤다. 속에서 끓던 것이 울컥 터져 나왔다.

"아저씨! 아저씨가 뭔데 우리 할아버지를 막 밀고 그래요? 할아버지가 다치기라도 하면 어떻게 할 거냐고요? 아니 도대체 우리 할아버지가 사진을 찢었어요? 액자를 깼어요? 뭐 좀 묻을까 봐 그러는 모양인데, 그거 닦아 주면 될 거 아녜요!"

소희가 씩씩대며 소리를 지르자 주변에 있던 사람들이 힐끔힐끔 쳐다봤다. 할아버지가 말없이 소희의 팔을 잡아끌었다. 그제야 제정신이 돌아온 듯 소희는 얼굴이 화끈거렸다. 창피해진 소희가 고개를 숙인 채 할아버지를 모시고 나가려는데, 갑자기 경비 아저씨가 불러 세웠다.

"어이, 학생. 잠깐만 서 봐."

"왜, 왜요?"

"이거 할아버지가 떨어뜨렸어."

경비 아저씨가 퉁명스럽게 내민 손에는 낡은 흑백사진이 들려 있었다. 뭐지? 소희가 좀 더 자세히 보려는데 할아버지가 화들짝 놀라시며 사진을 낚아챘다. 어찌나 빠른지 좀 전까지 힘없이 비틀거리던 분이 맞나 싶었다. 도대체 무슨 사진이기에 저러시지? 궁금했지만 그보다는 지금은 빨리 집에 가고 싶은 마음이 더 간절했다.

택시를 타자 소희는 긴장이 풀려선지 졸음이 밀려왔다. 마구 흔들리는 목이 아파 에구구 앓는 소리를 냈다. 그때 갑자기 따뜻하고 단단한 무언가가 소희의 머리에 닿았다. 할아버지의 어깨였다. 으응? 할아버지의 갑작스러운 친절이 어색하고 쑥스럽기도 했지만,

머리를 들기에는 눈꺼풀이 너무 무거웠다. 문득 할아버지가 소희의 손을 살며시 쓰다듬는 것도 같았다. 의외로 따뜻하다, 생각하다 소희는 까무룩 다시 잠 속으로 빠져들었다.

얼마나 잤을까? 벌써 집 앞이었다. 황급히 택시에서 내리는데 건너편 골목에서 낯선 그림자가 보였다. 놀란 소희가 쳐다보자 그림자는 급히 사라졌다. 언뜻 뒷모습을 보니 긴 머리에 소희네 교복을 입은 것 같았다. 설마 은지가 집 앞까지 찾아온 건가, 싶어 덜컥 겁이 났다.

소희는 괜히 할아버지 옆에 바짝 붙어 부축을 했다. 계단을 오르는 할아버지는 지치셨는지 아침에 비해 걸음이 많이 무거웠다. 하지만 소희는 아까 본 그림자 생각을 하느라 할아버지의 가쁜 숨소리를 제대로 듣지 못했다.

＊

다음 날 아침까지도 할아버지는 계속 누워만 계셨다. 부쩍 지치고 힘든 모습이었다.

어제 일 때문인가, 소희는 괜히 마음이 쓰였다. 아침이라도 제대로 차려 드려야겠다 싶어 엄마가 재워 둔 불고기를 볶고, 맵지 않은 반찬들로 아침을 차렸다.

생각이 없다는 할아버지를 억지로 일으켜 식탁으로 갔다. 젓가

락으로 서툴게 불고기를 집던 할아버지의 눈이 갑자기 휘둥그레
졌다. 그러더니 손가락으로 다른 반찬을 가리켰다.

"왓 이즈 더 네임 오브 디스?"

"에에? 이거요? 디스 이즈 김치, 백김치."

"뽀엑 기임찌?"

할아버지는 설레는 것도 같고 그리운 것도 같은 묘한 표정으로
백김치를 집어 입에 넣었다. 맛을 음미하는 건지 눈까지 감고 천천
히 씹었다. 그러고도 한참이나 있다가 눈을 뜨고는 딱 한 마디 하
셨다.

"아이 캔 테이스트 잇 덴."

그때 그 맛이라니 언제요? 물으려는데 할아버지 방에서 휴대전
화 벨소리가 들렸다. 놀란 할아버지가 벌떡 일어나셨다. 방에서 심
각한 표정으로 통화를 하시더니 끊자마자 외출 준비를 하셨다.

"웨어 아 유 고잉? 해브 유어 브렉퍼스트?"

할아버지는 대답도 하지 않은 채 허둥지둥 현관으로 나가셨다.
그러고는 영어로 '금방 갔다 올 테니 넌 그냥 집에 있어'라고만 하
셨다. 정말 그럴까, 잠시 망설이던 소희는 전쟁기념관의 경비 아저
씨를 떠올렸다. 할아버지 혼자 가셨다가는 무슨 일이 생길지 모를
일이었다. 소희는 한숨을 쉬며 젓가락을 내려놓았다. 할아버지가
어찌나 서두르시는지 오늘도 운동화를 제대로 신지도 못하고 골
목길을 뛰어 내려갔다.

"어휴, 이틀 동안 아무 일 없을 거라고? 개뿔, 아침부터 밥도 못 먹고 이게 뭐야."

할아버지는 소희의 투덜대는 소리는 들리지도 않는 모양이었다. 그저 긴장된 표정으로 걷기만 하셨다. 입술도 살짝 떨리는 것 같았다. 심상치 않은 할아버지의 모습에 소희도 덩달아 긴장이 됐다.

마침 저만치 택시가 보였다. 서두르던 할아버지의 깡마르고 긴 몸이 흔들, 하더니 별안간 휘청거렸다. 놀란 소희가 부축하자 할아버지는 괜찮다며 택시에 오르셨다. 얼굴이 창백해 보이는 것 같았지만, 정작 할아버지는 꼿꼿하게 앉아 계셨다.

무슨 전화이기에 그렇게 힘들어 보이던 할아버지가 한달음에 달려가시는 걸까? 소희는 혹시 어젯밤 일과 관련이 있나, 하고 짐작할 뿐이었다.

어젯밤 소희는 저녁을 먹는 둥 마는 둥 하고 일찍 제 방에 들어갔다. 골목에서 본 그림자가 신경이 쓰였기 때문이었다. 하지만 늦도록 휴대전화는 울리지 않았다.

'그래 은지가 우리 집을 알 리도 없고, 방학인데 교복을 입고 다닐 리도 없지. 내가 너무 예민해졌나.'

그렇게 생각하자 조금은 안심이 돼서인지 깜빡 잠이 들었다. 꿈속에서 소희는 은지 패거리에게 죽도록 쫓기다가 학교 옥상에서 떨어지면서 잠이 깼다. 새벽 2시였다. 입술이 바짝 말라 있었다.

소희는 비틀거리며 물을 마시러 거실로 나갔다. 환한 빛이 두 눈을 찔렀다. 실눈을 겨우 뜨고 보니 할아버지가 소파에 웅크린 채 주무시고 있었다. 손에는 사진 한 장이 들려 있었다. 저게 전시관에서 떨어뜨린 그 사진인가, 싶어 소희는 숨죽여 다가갔다. 사진은 얼마나 자주 꺼내 봤는지 낡을 대로 낡아 있었다. 그리고 그 속에는…. 군복을 줄여 입은 한국인 소년이 환하게 웃고 있었다. 누구지? 의아해 하던 소희의 머릿속에 전쟁기념관에서 본 전쟁고아의 사진이 겹쳐졌다.

그때 할아버지가 몸을 뒤척이더니 웅얼거리며 잠꼬대를 하셨다. 문득 한국어 하나가 소희의 귓가에 또렷이 들려왔다. 천수? 현수? 누군가의 이름인 것 같다는 생각이 들자 기분이 이상했다. 방으로 돌아왔는데도 쿵쿵쿵 심장 뛰는 소리가 멈추지 않았다.

어젯밤에 본 사진 생각을 하니 다시 쿵쿵 심장이 요동쳤다. 왜 이러지? 소희가 진정하려고 심호흡을 몇 번 하는 사이 택시는 어느 상가건물 앞에 멈췄다.

"웰컴! 미스터 로바."

할아버지와 소희가 내리자 기다리고 있던 한 아저씨가 큰소리로 인사를 했다. 할아버지도 그제야 얼굴에 미소를 띠며 그와 악수를 했다. 아저씨는 건물 3층에 있는 사무실로 두 사람을 안내했다.

'사단법인 함께하는 우리'라는 간판이 걸려 있었다. 안으로 들어가자 웬 한국 할아버지가 일행을 보고 벌떡 일어났다.

"미스터… 로바?"

"미스터… 박… 두만?"

잠시 망설이며 이름을 확인하던 두 사람은 굵은 주름 속에서 옛 기억을 떠올렸는지 이내 반가워하며 얼싸안았다. 영어로 뭔가를 쉴 새 없이 물어보는 할아버지와 대답하는 두만 할아버지. 언뜻 들으니 6·25전쟁 때 같은 부대에 있었던 모양이었다. 두 분만의 대화는 좀처럼 끝나지 않았다. 아까부터 문 앞에 어색하게 서 있는 소희는 보이지도 않는 모양이었다. 이러지도 저러지도 못하고 서 있자니 그야말로 고역이었다.

"미스터 박! 렛츠 고."

갑자기 할아버지가 벌떡 일어나 문으로 향하셨다. 두만 할아버지가 허둥지둥 쫓아가며 처음 할아버지를 맞아 줬던 아저씨에게 손짓을 했다.

"저 사람이 엄청 급한가 보구먼. 사무장, 빨리 가세."

"네, 제 차로 가시죠."

사무장 아저씨는 싹싹하게 대답하며 할아버지들을 안내했다. 소희는 오늘 하루 또 꼬였네, 싶어 짜증이 났지만 어쩔 수 없이 맨 뒤에 따라붙었다. 그런데 막 문을 열고 나가던 할아버지가 갑자기 주춤하더니 무릎이 훅 꺾이며 비틀거렸다. 놀란 사무장 아저씨가 할아버지를 부축했다. 괜찮다며 일어서던 할아버지는 끝내 허물어지듯 주저앉고 말았다.

*

"워낙 고령이신 데다가 최근 무리를 하신 것 같습니다. 게다가 혈압약을 몇 번 빠뜨리신 모양이에요."

응급실 의사의 말에 소희의 머릿속이 새하얘졌다. 엄마가 꼭 챙기라던 작은 약병이 떠올라서였다. 그동안 한 번도 못 챙겨 드렸는데 할아버지가 쓰러지신 게 꼭 제 탓인 것만 같았다. 걱정 때문인지 죄책감 때문인지 꼭 멀미를 한 것처럼 뱃속이 울렁거렸다.

"수액에 혈압약도 같이 넣었어요. 이거 맞고 충분히 안정을 취하면 괜찮아지실 겁니다."

의사의 말이 끝나자 간호사가 다가와 할아버지의 야윈 팔에 주삿바늘을 꽂았다. 고령이시라 수액을 다 맞으려면 다섯 시간은 족히 걸린다고 했다.

힘겹게 눈을 뜬 할아버지는 그 정신없는 와중에도 엄마 아빠에게 연락하지 말라고 당부하셨다. 두만 할아버지가 옆에서 그 말을 듣더니 혀를 끌끌 찼다.

"네가 로바 씨 손녀지? 네 할아버지가 자식들한테 폐 끼칠까 그러는 거야. 이번 일도 애들한테 부탁하라고 그렇게 얘기했는데. 한국에서 어렵게 사는 애들 힘들게 하기 싫다고 자기가 직접 나선 거고. 그러니 저 나이에 탈이 나지."

마침 병원 수속을 마친 사무장 아저씨가 다가왔다. 오늘은 할아버지를 푹 쉬시게 하는 게 좋겠다며 전화번호를 적은 쪽지를 내미셨다. 할아버지가 괜찮아지면 연락하라는 말을 남기고는 두만 할아버지와 함께 나가셨다.

졸지에 혼자 남은 소희는 침대 옆에 있는 딱딱한 보호자 의자에 앉았다.

두 눈을 꼭 감은 할아버지의 검은 얼굴에는 주름과 검버섯이 가득했다. 미안함과 안쓰러움이 한꺼번에 밀려들었다. 도대체 아흔이 다 된 연세에 저리 무리하면서까지 '꼭 해야 할 일'이란 게 뭘까?

소희는 문득 아까 사무실에서 할아버지가 쓰러지실 때 떨어뜨린 낡은 수첩이 생각났다. 급한 대로 수첩을 제 가방에 밀어 넣고는 구급차에 탔던 것이다.

소희는 할아버지가 깊게 잠든 것을 확인하고는 수첩을 펼쳤다. 첫 장엔 1951년 4월 16일이라는 날짜와 함께 영어로 흘려 쓴 메모가 있었다. 오늘은 한국으로 출항하는 첫날이며, 한국에서는 영어를 쓸 일이 많을 테니 앞으로 영어 일기를 쓰겠다는 내용이었다. 소희는 일기를 읽어도 될까 잠깐 망설였다. 며칠 전이라면 관심도 없었을 열여덟 살의 할아버지가 지금은 너무 궁금했다. 무엇보다 흑백사진 속 소년의 정체를 찾을 수 있을까 싶었다.

일기에 쓰인 영어는 다행히 고등학교 영어 수준으로도 충분히 읽을 수 있었다. 소희는 어려운 단어는 휴대전화로 찾아 가며 할아버지의 일기를 읽기 시작했다. 쭉 훑어보는데 얼핏 '현수'라는 이름이 눈에 뜨였다. 놀란 소희는 허겁지겁 그 부분을 읽어 나갔다.

며칠은 쉴 새 없이 전투가 벌어졌다. 오늘도 잠이 부족한 채로 작전 지역을 수색하고 있었다. 어디선가 아이 울음소리가 들렸다. 소리는 폭탄을 맞아 완전히 부서진 집 주변에서 들려왔다. 한 아이가 죽은 엄마 옆에서 울고 있었다. 저렇게 얼마나 울어 댔는지 아이는 힘이 하나도 없어 보였다. 이대로 두고 가면 아이는 굶어 죽고 말 것이다. 고민하던 나는 아이를 데리고 부대로 돌아왔다. 아이의 이름은 현수라고 했다.

현수는 손가락 여섯 개를 세워 보였다. 아마도 여섯 살이라는 것 같았다. 식량이 넉넉지 않아서 내가 먹을 것을 남겨 막사에 있는 현수에게 나눠 주었다. 다 떨어진 옷 대신 내 군복을 줄여 입혀 주었다. 현수는 어느새 나를 '파파'라고 부르며 따랐다. 18살에 아들이 생기다니 기분이 이상했다.

현수와 군부대 밖에 있는 시장에 갔다. 매번 남은 전투식량만 먹는 현수에게 한국 음식을 먹여 주고 싶어서였다. 현수는 김이 모락모락 나는 빵을 골랐다. 현수는 그게 '만두'라고 했다. 원래 만두에는 고기와 채소가 많이 들어 있는데, 그 맛이 안 난다며 아쉬워했다. 나보고도 먹어 보라고 입에 넣어 주었다. 어찌나 뜨거운지 혀가 델 뻔했다. '우히히' 웃던 현수가 주인한테 뭔가를 얻어 왔다. 파파가 매운 걸 못 먹으니까 특별히 부탁한 거라며. 물에 담긴 하얀색 채소인데 새콤한 맛이 났다. 그게 고향에서 먹던 '기임찌'라고 했다. 엄마가 해 준 그 맛이라며, 엄마가 보고 싶은지 현수가 조금 울었다. 나는 현수를 조용히 안아 주었다.

아침에 백김치를 먹던 할아버지가 '그때 그 맛 그대로'라고 얘기한 것이 생각났다. 70년 전에 한 번 먹었던 걸 단번에 기억해 낼 만큼, 할아버지는 현수를 간절히 그리워했던 걸까? 꿈결에도 그 이름을 부를 만큼?

이어진 일기를 보니 의지할 곳 없던 현수 또한 할아버지를 무척 따랐던 것 같다. 언어도 다르고, 피부색도 달랐지만 그런 건 전혀 상관이 없어 보였다. 제 목숨 지키기도 버거운 전쟁터에서 생겨난 두 사람의 마음이, 전쟁이 없는 풍요로운 시대에 사는 소희로서는 잘 와 닿지 않았다. 소희는 다시 수첩을 펼쳤다.

어젯밤엔 현수가 한밤중에 깨서는 오줌이 마렵다며 자꾸 보챘다. 귀찮았지만 겨우 눈을 뜨고 막사 밖으로 나왔다. 그런데 그때 부스럭거리는 소리가 나더니 눈 속에서 뭔가 움직이는 게 보였다. 중공군이었다. 깜짝 놀란 나는 현수를 안고 땅에 엎드리며 "기습이다!" 소리쳤다. 아군이 재빨리 뛰어나오자 중공군은 놀라 달아났다. 현수를 데리고 나오지 않았다면 어둠을 틈타 기습하러 온 적군을 발견할 수 없었을 거다. 그렇게 생각하니 머리카락이 곤두서는 기분이었다. 나는 그날부터 현수를 '럭키 보이'라 불렀다. 전투에서 나는 매번 나의 럭키 보이에게 돌아오기 위해 이를 악물고 살아남았다. 어쩌면 현수가 이 끔찍한 전쟁에서 날 살린 것인지도 모른다.

럭키 보이. 할아버지에게 현수는 럭키 보이였구나. 왜 그렇게까지 현수를 잊지 못하는지 어렴풋하게나마 알 것도 같았다. 그때 낮은 신음을 내며 할아버지가 몸을 뒤척이셨다. 당황한 소희는 할아버지의 일기를 후다닥 다시 가방에 밀어 넣었다.

"으으으. 미스터 박? 미스터 박? 아이 해브 투 고 허리."

할아버지는 깨어나자마자 두만 할아버지부터 찾으셨다. 소희가 지금은 늦었으니까 더 쉬시라고 해도 자꾸만 억지로 몸을 일으키셨다. 하는 수 없이 할아버지가 보는 앞에서 두만 할아버지와 내일 아침 일찍 만나기로 약속을 했다.

*

퇴원해서 집에 오자 이미 늦은 밤이었다. 그때 마침 아빠에게 전화가 왔다. 외할머니가 급한 고비는 넘기셨는데 하루 이틀 정도 더 상황을 지켜봐야겠다고 하셨다. 집에 별일은 없냐는 질문에 소희는 잠시 망설이다 '응, 없어' 했다. 아빠는 미안하다며 조금만 더 할아버지를 돌봐 달라고 했고, 소희는 걱정하지 말라며 전화를 끊었다.

소희는 침대에 누웠지만, 전혀 졸리지 않았다. 자꾸만 아까 읽은 일기 속 할아버지와 현수의 모습이 되살아났다.

소희는 일어나 컴퓨터를 켰다. 교과서나 텔레비전 같은 데서 6·25전쟁에 대해 지겹게 들었지만, 정작 할아버지의 부대에 대해 아는 것이 없다는 생각이 들어서였다. 검색창에 '6·25전쟁, 에티오피아 파병'이라고 치자 수많은 글이 주르륵 떴다.

글들을 읽어 보니 에티오피아는 6·25전쟁이 일어나자 남한에 전투 군인을 파병한 16개국 중 하나였다. 지구 반대편, 이름도 모르는 나라를 돕겠다고 나선 건 과거의 쓰라린 경험 때문이었다고 한다. 제2차 세계대전이 일어나기 직전 이탈리아가 에티오피아를 침략했지만, 어떤 나라도 도와주지 않았다. 정작 필요할 때 내팽개쳐진 세계 평화나 인류애 같은 거창한 가치보다, 도움을 받지 못한 아픔을 알기에 파병에 주저하지 않았다는 거다. 에티오피아 말로 '초전 박살'이라는 뜻의 '강뉴'부대는 그 이름대로 단 한 번의 패배도, 단 한 명의 포로도 없었다고 했다.

이런 부대에서 싸웠다니, 소희는 할아버지가 새삼 대단하게 느

꺼졌다. 고작 열여덟 살의 나이에 할아버지의 어디에서 죽음을 두려워하지 않는 용기와, 어린 생명을 지키는 사랑이 나온 걸까? 자꾸만 질문이 꼬리를 이었다.

소희는 할아버지의 수첩을 다시 꺼냈다. 질문에 대한 답이 어쩌면 거기 있을지도 몰랐다.

이제 곧 강뉴부대의 교대 기간이다. 2진이 오면 나는 에티오피아로 돌아가야 한다. 어떻게든 현수를 데려가고 싶어 알아봤지만, 방법이 없다는 말만 돌아왔다. 며칠을 고민하다 미스터 박에게 현수가 갈 만한 좋은 고아원을 알아봐 달라고 부탁했다. 어제는 현수가 내 생일이 언제인지 물어보더니 종일 바깥에 나가 있다. 뭐 하냐고 물어보면 개구쟁이 같은 얼굴로 비밀이라며 '기대하라'고만 한다. 해맑게 웃는 현수에게 이제 헤어져야 한다는 말을 차마 할 수가 없다.

결국, 아무 말도 하지 못한 채 현수가 고아원에 가기로 한 날이 됐다. 그런데 하필 아침부터 비상이 걸렸다. 부대로 돌아왔을 땐 현수는 이미 가고 없었다. 현수에게 주려던 편지도 전달하지 못했다. 미스터 박 말로는 현수가 파파를 찾으며 엄청 울었다고 했다. 끝까지 지켜 주겠다고 약속했는데 내가 자신을 버렸다고 생각하면 어떻게 하지? 자꾸만 현수의 울음소리가 귓가에 들리는 것 같다. 현수야! 나의 럭키 보이. 널 꼭 다시 찾을게. 조금만 기다리고 있어. 조금만.

일기는 거기에서 끝이 나 있었다. 할아버지가 '죽기 전에 한국에서 꼭 해야 할 일'이라는 게 뭔지 비로소 알 것 같았다. 기댈 곳 없는 전쟁고아가, 낯선 나라에 싸우러 온 검은 얼굴의 이방인이 당장 내일을 알 수 없는 전쟁터에서 버틸 수 있었던 것은 결국 서로의 존재가 아니었을까. 그래서 할아버지는 70년이 지난 지금도 그 아이 현수를, 그날 했던 약속을 잊지 못하는 거겠지. 그렇게 생각하니 왠지 조금 눈물이 났다. 소희는 거실로 조용히 나가 할아버지가 벗어 둔 점퍼에 낡은 수첩을 다시 넣었다.

*

소희는 불을 끄고 침대에 누웠지만 잠은 달아난 지 오래였다. 오늘 하루 할아버지 일 때문에 잠시 잊고 있었던 은지가 생각났다. 이상하리만큼 연락이 없는 게 더 신경이 쓰였다.

피부색도 언어도 달랐지만, 서로를 아꼈던 할아버지와 현수의 이야기가 자꾸만 은지를 떠오르게 했다. 은지는 왜 그렇게 날 지독하게 미워하고 괴롭힌 걸까? 단지 피부색이 달라서? 그렇다면 왜 중학교 땐 친구가 됐을까? 소희는 생각하면 할수록 혼란스러웠다.

역시 그날 때문인가? 소희는 2년 전 여름의 기억을 떠올렸다.

처음엔 은지에게 커버댄스를 배웠지만, 얼마 지나지 않아 소희의 실력은 은지를 앞질렀다. 필시 흑인 특유의 긴 팔다리와 유연성 때문이었을 거다. 혼혈이 나쁜 점만 있는 건 아니구나 하는 생각을 그때 처음으로 했다. 그런데 같이 교내 댄스대회에 나가려고 맹연습하던 은지가 무슨 일인지 갑자기 빠지겠다고 했고, 혼자 나간 대회에서 소희는 2등을 했다. 그 뒤부터 반 아이들이 소희를 대하는 것이 달라졌다. 생전 처음 들어 본 칭찬과 관심에 들떠 은지의 어두워진 표정을 보지 못했다. 하필 그때가 은지가 가장 힘들었던 순간이었던 것도 모르고.

방학을 며칠 앞둔 어느 여름 오후였나. 새로 가입한 댄스 동아리에서 늦도록 춤을 추고 나오는데 은지가 운동장에서 기다리고 있었다.

"우리 엄마, 아빠 오늘 이혼했어. 엄마가 도저히 못 견디겠대. 잘 됐지 뭐."

은지는 대수롭지 않게 말했다. 은지 아빠가 평소에 술을 먹고 엄마를, 간혹 은지까지도 때린다는 비밀을 소희에게 털어놓은 적이 있었다. 그날 은지의 손을 잡고 얼마나 울었는지 모른다. 친구의 아픔 때문이기도 했지만, 비밀을 털어놓을 정도로 날 믿는구나 싶어 고마웠다. 거기에는 분명 이 세상에 나 혼자 불행한 건 아니구나 하는 안도의 울음도 섞여 있었을 거다. 그땐 그랬다. 하지만 그 여름의 소희는 더는 불행하지 않았다. 그래서 혼자 감당하기 힘든 불행 앞에 서 있는 은지에게 어떤 말을 해야 할지 몰라 머뭇거렸다. 짧은 침묵이 흐르는 사이 소희의 등 뒤에서 동아리 아이들이 부르는 소리가 들렸다. 뒤돌아보는 소희를 보며 은지의 표정이 서늘해졌다.

"소희 너 요즘 인기 많네…. 가 봐."

그러고는 몸을 돌렸다. 그때 은지를 잡았어야 했는데, 그 아이와 함께 울어 줬어야 했는데. 소희는 그러지 않았다. 분명 그날부터였다. 은지가 멀어진 것은. 어떻게 그날 일을 잊고 있었을까? 어떻게 은지만 달라졌다고, 무서워졌다고 생각하고 있었을까?

게다가 며칠 전 방학식 날, 반 아이들이 다 보는 앞에서 뭐라고 했던가. 은지의 발밑에서 부서진 키링을 보고 눈이 휙 돈 소희는 처음으로 소리를 지르며 대들었다.

"이, 이게 무슨 짓이야! 내가 뭘 그렇게 잘못했는데?"

"헐…. 너 지금 뭐라고 했냐?"

"도대체 넌 뭐가 그렇게 잘났냐고? 뭐가 그렇게 잘나서 맨날 욕하고 괴롭히고. 나도 이렇게 태어나고 싶어서 태어난 게 아닌데. 나한테 왜 이러냐고?"

은지가 어이없다는 듯 피식 웃더니 위협적으로 손을 쳐들었다.

"이게 미쳤나?"

"그래, 미쳤다. 왜 때리게? 그래, 때려 봐. 때려 보라고. 너희 아빠가 엄마 많이 때렸다며? 그래서 이혼했다며? 그때 때리는 거 많이 봤겠네. 아, 너도 많이 맞았다 그랬나. 배운 게 사람 패는 거밖에 없어? 어디 한번 때려 봐. 이 깡패야."

그렇게 해서는 안 될 말을 내뱉고 말았다. 소희는 자신의 입에서 튀어 나간 그 끔찍한 말이 지금도 믿기지 않았다.

단순히 아이들 앞에서 비밀을 폭로한 것만이 문제는 아니었다. 그건 한때나마 진심을 나눴던 시간을, 마음을, 송두리째 깨뜨린 것이었다. 무엇보다 소희가 까만 피부를 선택한 것이 아니었듯 은지도 좋아서 그런 부모를 선택한 것이 아니지 않은가. 다른 이들의 삐딱한 시선이 지독하게 싫었으면서, 정작 자신의 마음속에도 은지를 향한 편견과 차별이 있었음을 이제야 알 것 같았다. 분노로 일그러진 은지의 표정이 자꾸만 떠올랐다. 소희는 후회와 자책으로 잠을 이룰 수가 없었다.

어느덧 하늘이 희부옇게 밝아 오고 있었다.

*

소희는 운전을 하는 사무장 아저씨 옆 조수석에 앉았다. 백미러로 보니 뒷좌석의 할아버지는 기운이 없으신지 차창에 몸을 기댄 채 눈을 감고 계셨다. 그 옆에서 두만 할아버지는 아예 코까지 골았다. 소희는 간밤에 한숨도 못 잤는데 이상하게 졸리지 않았다.

눈이 말똥말똥한 소희를 보더니 사무장 아저씨가 말을 걸었다.

"소희 할아버지 참 대단한 분이시지?"

"네? 왜요?"

"육이오전쟁 때 돌봐 준 고아를 못 잊어서 평생 찾아 헤매신 거 잖아. 그 마음이 얼마나 간절했는지 내가 팔자에도 없는 탐정 노릇을 다 하는 거고."

사무장 아저씨가 처음 할아버지를 만난 것은 3년 전 에티오피아에 봉사를 갔을 때라고 했다. '함께하는 우리'는 미국이나 영국, 터키에 비해 덜 알려진 에티오피아 참전 용사를 돕는 후원단체였다. 그런데 봉사단을 처음 만난 할아버지가 다짜고짜 사진을 내밀며 이 아이를 꼭 찾아야 한다고 난리를 치셨단다.

"봉사하는 내내 우리를 따라 다니면서 조르시더라고. 한국에 편지도 보내 보고, 대사관에도 물어봤는데 아무 소용도 없었다면서 말이야. 솔직히 그땐 건성으로 알겠다고 하고 한국으로 돌아왔지. 다음 해에 또 봉사를 갔는데 할아버지가 공항까지 달려오셔서 어찌 됐냐고 물어보시는거야. 어찌나 부끄럽고 죄송하던지. 그날부터 진짜로 알아보기 시작했어. 그런데 워낙 오래전 일이라 기억하고 있는 사람도 없고 기록도 없어서 막막하더라고. 우선 그 아이를 한국의 고아원에 맡겼다는 한국 군무원을 찾는 게 급선무였지."

"그게 바로 나야!"

언제 깨셨는지 두만 할아버지가 불쑥 끼어드셨다. 전쟁이 끝나고 먹고살기 위해 장사를 했던 할아버지는 강뉴부대의 일은 까맣게 잊고 살았다고 했다. 그런데 몇 달 전 사무장 아저씨의 전화를 받으신 거였다. 휴대폰으로 보내 준 흑백사진을 보자 옛 기억이 되살아났다. 전쟁고아를 끔찍이 아꼈던 한 에티오피아 군인이, 그리고 파파를 찾으며 울던 아이가.

"근데 현수는 어떤 아이였어요? 말도 안 통했을 텐데 할아버지랑 어떻게 친해졌대요?"

소희의 질문에 두만 할아버지는 뭘 그리 당연한 걸 묻느냐는 듯 허허 웃으셨다.

"꼭 말이 통해야 친해지나. 워낙 둘이 서로 좋아했어. 게다가 현수가 참 영리한 녀석이었지. 쉬운 영어는 금방금방 외웠어. 너무 똑똑해서 여섯 살이 맞나 싶을 정도였다니까. 어떨 땐 나한테 영어를 어떻게 쓰냐고 물어보더라고. 아빠는 영어로 어떻게 쓰냐? 사랑해는 뭐냐? 고 녀석, 영어 알파벳을 다 물어보더라니까."

사무장 아저씨와 두만 할아버지는 할아버지와 현수를 위해 기억을 더듬어 고아원을 찾았지만, 그사이 이사도 가고 이름도 바뀌어서 쉽지 않았단다. 여러 사람이 발 벗고 나선 끝에 겨우 그 고아원으로 추정되는 곳을 파악할 수 있었다. 그 얘기를 전해들은 할아버지는 더는 기다리지 못하고 당장 한국에 오신 거라고 했다.

"그런데 문제가 좀 있어. 할아버지가 오기 전에 현수가 진짜 거기 있었는지 알아보려고 했는데 고아원 규정상 알려줄 수가 없다는 거야."

사무장 아저씨가 조심스럽게 말하자, 두만 할아버지가 말을 이었다.

"그래서 일단 무작정 찾아가는 거야. 설마 에티오피아에서 아흔 노인이 왔는데 내쫓기야 하겠나 싶어서."

그러니까 현수를 찾을 수도 있고, 아닐 수도 있다는 얘기였다. 지금 할아버지는 얼마나 초조하고 긴장되실까. 소희는 안쓰러운 마음에 백미러로 할아버지의 표정을 살폈다. 할아버지는 여전히 눈을 감고 계셨다. 감은 눈이 파르르 떨리고 있었다.

차는 서울을 빠져나가 경기도 남부의 한 소도시로 접어들었다. 저만치에 보육원 간판이 보였다.

＊

보육원은 지은 지 얼마 안 된 멀끔한 2층 건물이었다.

소희와 할아버지가 건물 현관으로 들어서자 보육원은 순식간에 소란스러워졌다. 예고도 없이 웬 흑인 노인과 소녀가 떡하니 나타났으니 그럴 만도 했다. 동네 불구경이라도 난 듯 아이들은 할아버지와 소희를 삥 둘러싸고는 헬로우, 하우 아 유 같은 영어를 외쳐 댔다.

"저, 무슨 일로 오셨지요?"

동그란 안경을 쓴 인상 좋은 아주머니가 아이들을 비집고 나와 할아버지와 소희 앞에 섰다.

"원장 선생님, 외국인이에요. 영어로 말해야죠."

아이들 속에서 누가 외치자 원장 선생님은 살짝 당황한 모습이었다.

"아니에요. 저는 한국 사람이에요. 저희 할아버지는 한국말을 못 하지만, 제가 통역을 해 드리면 돼요."

"무슨 일인지는 모르겠지만 일단 안으로 들어가서 얘기하시죠."

복도 끝에 있는 원장실에 들어서자 벽면에 걸린 커다란 고아원 연혁이 눈에 띄었다. 1951년 동두천에서 처음 설립됐다는 첫 줄을 보더니 두만 할아버지가 소희를 툭툭 치며 속삭였다.

"저기 봐. 내가 현수를 맡긴 데가 바로 동두천 고아원이라니까. 여기 맞아. 확실해."

도통 영문을 모르겠다는 표정으로 원장 선생님이 소희 일행을 쳐다보았다. 사무장 아저씨가 명함을 드리고는 그간의 사정을 이야기했다. 원장 선생님은 이야기를 듣는 동안 간혹 할아버지를 쳐다보았다. 긴장이 되는지 할아버지의 손이 바르르 떨리는 것이 보였다. 소희도 괜히 입이 바짝 탔다.

이야기가 끝나고도 한동안 말이 없던 원장 선생님은 어렵게 말을 꺼냈다.

"사정은 너무 잘 알겠습니다. 저도 도와드리고 싶지만, 규정이 있어서 개인 정보는 알려 드릴 수가 없어요. 정말 죄송합니다."

사무장 아저씨가 낙담한 얼굴로 할아버지를 보고 고개를 저었다. 할아버지는 긴 한숨을 쉬더니 입술을 꽉 깨물었다. 눈물을 참으시는 것 같았다. 그때였다. 내내 가만히 앉아 있던 두만 할아버지가 벌떡 일어나 주먹을 부들부들 떨며 소리를 쳤다.

"아니, 이런 법이 어딨어. 아흔이 다 된 노인이 열두 시간이나 비행기를 타고 왔다고. 죽기 전에 자기가 구해 준 아이가 보고 싶어서 그 먼 길을 왔단 말이야. 알지도 못하는 나라를 위해서 목숨 걸고 싸웠는데. 생전 처음 보는 고아를 구해 줬는데…. 고맙다는 말은 못 할망정 도대체 뭔 놈의 규정이 그렇게 중요하다는 거야?"

두만 할아버지는 소리를 지르느라 가쁜 숨을 내쉬며 털썩 의자에 주저앉았다. 넋이 나간 듯한 두 할아버지의 모습을 보니 소희는 가슴속에서 뭔가 치밀어 오르는 것 같았다. 이대로 할아버지를 에티오피아로 보낼 순 없었다.

소희는 옆에 앉아 있던 할아버지의 점퍼에서 뭔가를 꺼냈다. 그리고 원장 선생님 앞으로 똑바로 걸어가 그걸 내밀었다. 소희의 갑작스러운 행동에 원장 선생님은 적잖이 놀란 듯했다.

"이 아이가 현수예요. 한 번만 봐 주세요. 지금 입고 있는 이 옷 할아버지가 자기 군복을 줄여서 입혀 줬대요. 먹을 것도 나눠서 줬고요. 현수는 할아버지를 파파라고 불렀어요. 파파와 보낸 시간은 행복했을 거예요. 그러니까 전쟁터에서도 이렇게 환한 표정으로 웃고 있는 거잖아요. 우리 할아버지가 그랬던 것처럼, 현수도 우리 할아버지가, 파파가 보고 싶을 거예요. 그러니까 제발…. 제발 현수가 여기 있었는지만이라도 알려주세요. 네?"

말을 할수록 목소리가 떨리더니 끝내 목이 멨다. 금방이라도 눈물이 왈칵 쏟아질 것 같았다. 얼결에 받은 사진 속 현수를 보는 원장 선생님의 눈빛이 흔들렸다.

마침내 원장 선생님이 천천히 고개를 끄덕였다. 옛 기록은 아직 전산 작업을 못 했다며 철제 캐비닛에서 두툼한 서류 뭉치를 가지고 왔다.

"그러니까 천구백오십이 년에 들어온 여섯 살 현수라는 아이를 찾으면 되는 거지요?"

원장 선생님이 서류를 넘기며 묻자, 사무장 아저씨가 대답했다.

"처음 만났을 때가 여섯 살이고 그다음 해에 고아원에 맡겼다니까 아마 일곱 살로 기록됐을 겁니다."

첫 번째 서류철을 다 넘겨 본 원장 선생님이 고개를 갸웃했다. 잠시 망설이다 다른 서류철을 꺼내 보았고 그렇게 몇 번씩 서류 뭉치를 살핀 원장 선생님은 작게 한숨을 쉬더니 안경을 고쳐 썼다.

"죄송합니다. 혹시나 해서 다른 연도까지 살펴봤는데 그런 아이가 없네요."

착 가라앉은 표정으로 원장 선생님이 고개를 젓자 할아버지는 어떻게 된 건지 눈치를 채신 것 같았다. 한참이나 멍하게 창밖을 보더니 영어로 아무래도 그 아인 죽었나 보다. 내가 어떻게든지 데려 갔었어야 했는데, 나지막이 중얼거리셨다.

할아버지의 깊고 검은 주름 위로 소리 없이 눈물이 흘러내렸다. 어깨가 축 처진 채 힘없이 문을 나서는 할아버지가 안쓰러웠는지 원장 선생님이 현관문까지 따라 나왔다.

보육원 앞 작은 운동장에는 아이들이 뜨거운 한낮의 열기 아래서 축구를 하고 있었다. 우뚝 걸음을 멈춘 할아버지의 시선은 아이들을 좇고 있었다. 유난히 날쌘 한 아이가 골대로 공을 몰더니 그대로 슛을 했다. 공이 빗나가자 아이는 머리를 감싸 쥐며 무척이나 아쉬워했다. 그 속에서 현수의 모습이라도 보신 걸까? 내내 슬픈 표정이던 할아버지가 빙그레 웃더니 원장 선생님을 보고 말씀하셨다.

"저 아이는 몇 살이나 됐나요? 현수도 딱 저만 했던 것 같은데…."

할아버지의 영어를 소희가 통역해 드리자 원장 선생님도 미소를 띠며 대답했다.

"쟨 열 살이에요. 또래보다 키가 작아서 어려 보이지만, 얼마나 똑똑하고 야무진데요."

그 말에 갑자기 소희의 머릿속이 번쩍했다. 두만 할아버지가 현수를 두고 '너무 똑똑해서 여섯 살이 맞나 싶을 정도였다니까'라고 했던 말이 생각나서였다. 그러니까 현수가 진짜 여섯 살이 아닐 수도 있지 않을까? 제 나이보다 많아 보이거나, 적어 보이는 건 얼마든지 있는 일이니까. 그런 생각이 들자 마음이 급해진 소희는 자기도 모르게 원장 선생님의 손을 덥석 잡았다.

"원장 선생님. 한 번만 더 부탁드릴게요. 조금만 더 현수를 찾아 봐 주세요. 네?"

"아휴, 나도 안타깝긴 한데 찾아볼 만큼 찾아봤다니까."

"아니요. 이번엔 여덟 살에서 아홉 살, 아니 열 살까지 찾아봐 주세요."

소희의 말에 모두가 어리둥절한 표정이었다. 소희가 외국인들은 동양 아이들을 더 어리게 볼 수 있다, 영어 단어도 썼다는데 나이가 더 많았을 거다, 등등 떠오르는 대로 두서없이 얘기했다. 원장 선생님은 별로 믿기지 않는 얼굴이었지만, 할아버지를 보더니 고개를 끄덕였다.

원장 선생님이 다시 서류를 살펴보는 동안, 다들 그저 숨죽인 채 지켜보기만 했다. 소희는 긴장감으로 입안이 바짝바짝 말랐다. 시간은 또 어찌나 더디게 흐르는지 마치 슬로우비디오라도 보고 있는 것 같았다. 리모컨이 있으면 빨리 감기라도 하고 싶을 지경이었다.

마침내 원장 선생님이 고개를 들고 말했다.

"여기 있구나! 열 살 리현수."

*

병실 문 앞에서 소희와 할아버지는 약속이나 한 듯 심호흡을 길게 했다.

"여기가 저희 아버지 병실입니다. 어제부터 주무시지도 않고 기다리고 계세요. 들어가시죠."

어젯밤 통화했던 현수 할아버지(세상에, 그 아이 현수도 벌써 여든의 할아버지였다)의 아들이 병실을 안내해 주었다.

어제 원장 선생님이 리현수의 이름을 찾은 후부터는 일사천리였다. 알고 보니 현수 할아버지는 최근까지 보육원에 정기후원을 하고 계셨던 거다. 후원자 정보로 연락을 했더니 아들이 받았다. 아버지가 6·25전쟁 때 군부대에서 지냈다는 말을 들은 적 있다고 했다. 확인 후 전화를 하겠다고 해서 한국어를 모르는 할아버지 대신 소희의 번호를 남겼었다. 이제나저제나 휴대전화만 들여다보고 있었는데 늦은 밤이 돼서야 전화가 왔다.

현수 할아버지는 건강이 안 좋아지셔서 몇 년 전부터 요양원에 계신 모양이었다. 아버지를 찾는 전화가 왔었다고 얘기하자 당장 만나야 한다며 뛰쳐나가시려는 걸 겨우 말렸단다. 죄송하지만 아버지가 움직이기 힘드시니 요양원으로 와 줄 수 있겠냐고 물었던 거다.

이제 이 문만 넘으면 그 아이, 현수를 만날 수 있다. 소희는 자기도 이렇게 긴장되는데 할아버지는 어떨까 싶어 슬쩍 옆을 쳐다봤다. 할아버지는 웃는 것도 같고, 우는 것도 같은 표정이었다. 여기에 서기까지 70년이란 긴 시간 동안 얼마나 많은 기대와 좌절, 미안함과 그리움을 안고 계셨을까? 소희는 그 마음을 그저 미루어 짐작할 뿐이었다.

드르륵, 드디어 병실 문이 열렸다.

큰 창문 아래에 하얀 침대가 놓여 있었다. 침대에는 한눈에 봐도 병색이 짙은 현수 할아버지가 눈을 감고 누워 있었다. 할아버지는 잠시 망설이다 침대로 다가갔다. 굵은 주름 속에서 열 살 소년의 모습을 찾는 듯 천천히 얼굴을 들여다보셨다. 그리고 마침내.

"럭키… 보이?"

그 소리에 현수 할아버지가 힘겹게 눈을 떴다. 초점이 잘 안 맞는 듯 한동안 허공을 헤매던 시선이 할아버지 앞에서 멈췄다. 다정한 눈으로 자신을 바라보는 검은 얼굴을 확인하자 잔뜩 떨리는 목소리가 흘러나왔다.

"파파…?"

그러고는 팔을 뻗어 할아버지의 얼굴을 천천히 어루만졌다. 잠시 후 서툰 영어로 '정말 파파가 맞네요' 했다. 그제야 두 사람은 서로를 부둥켜안고는 하염없이 눈물을 흘렸다. 그 옆에서 덩달아 훌쩍이는 소희에게, 역시 눈시울이 벌게진 현수 할아버지의 아들이 손수건을 건넸다.

현수 할아버지는 자신을 구해 준 사람이 미군이라고 기억하고 있었다. 또 언젠가는 파파가 자기를 데리러 올 거라고 평생 영어 공부를 하셨단다. 두 사람은 서툰 영어로 서로의 손을 놓지 않은 채 얘기하셨다.

젊은 시절 했던 약속을 잊지 못해 70년을 찾아 헤맨 할아버지나 자신을 버렸다고 미워하고 지워버렸을 수도 있었을 '파파'를 평생 그리워한 현수 할아버지. 완전히 다른 얼굴인데도 그 간절한 마음이 너무 비슷해서인지 소희에게는 닮아 보이기까지 했다.

모든 게 달랐지만 상관없었던 두 분을 보니 문득 은지가 떠올랐다. 많은 공통점을 가졌던, 그래서 마음을 나눴던 우리는 왜 이렇게 됐을까? 우정 일기장을 쓰고 우정 반지를 나눠 끼며 우리 평생 친구하자 했던 약속. 그 약속을 잊은 건 은지뿐만이 아니었다. 소희도 마찬가지였다. 둘 중 누구 하나라도 파파와 럭키 보이처럼 그 마음을 잊지 않았다면 지금처럼 되진 않았을 텐데.

우하하, 갑자기 들려온 웃음소리에 소희는 생각을 멈추고 다시 현실로 돌아왔다. 할아버지가 '지금껏 네 나이를 잘못 알고 있었다'라고 하자 현수 할아버지가 웃음을 터뜨리신 거다. 여섯 살이라고 하면 더 불쌍하게 봐줄 것 같아 어린아이 행세를 한 데다가 북한에서 왔기 때문에 자신의 이야기는 더 숨겼다고 했다.

그러다 마치 열 살 소년처럼 왜 그동안 자기를 찾지 않았냐고 현수 할아버지가 투정을 부리자 할아버지는 품에서 낡은 편지를 꺼냈다.

"그날 네게 주려던 편지란다. 힘들면 언제라도 오라고 내 에티오피아 주소와 비행기 표 살 돈을 넣어 두었지. 그 편지를 이제야 전하는구나. 현수야, 나의 럭키 보이. 너무 늦어서… 미안하다.”

편지를 읽는 현수 할아버지의 어깨가 들먹이더니 작은 흐느낌이 이내 오열로 변했다. 할아버지는 아이처럼 목놓아 우는 현수 할아버지의 등을 가만히 쓸어 주셨다.

현수 할아버지는 벌게진 눈가를 손등으로 쓱 닦더니 침대 옆 서랍에서 낡은 상자를 꺼냈다. 상자에는 주소를 몰라 보내지 못한 빛바랜 편지들과 목걸이가 하나가 들어 있었다. 현수 할아버지는 그 목걸이를 할아버지에게 걸어 주며, 오랫동안 생각해 온 말을 천천히 한 자 한 자 힘주어 말하셨다.

“그날 전쟁터에서 나를 그냥 지나치지 않고 구해 줘서 감사해요. 지금까지 나를 잊지 않고 사랑해 줘서 감사합니다. 나의 모든 삶은… 파파, 당신이 준 거예요.”

할아버지의 얼굴에서 벅찬 감동이 느껴졌다. 눈물을 애써 삼키려고 고개를 숙이다 목걸이에 뭔가 새겨진 걸 보신 모양이었다. 눈이 침침해서인지 소희를 손짓해 부르셨다. 소희가 다가가 자세히 들여다보니 탄피로 만든 목걸이였다. 그리고 탄피에 조각된 글자를 읽는 순간, 겨우 멈췄던 눈물이 다시 왈칵 솟았다. 이것 때문에 미스터 박에게 영어를 물어봤구나. 소희는 간신히 울음을 참으며 할아버지에게 말했다.

“여기 이렇게 쓰여 있어요. I LOVE PAPA.”

*

아침 일찍부터 할아버지는 에티오피아로 돌아가야겠다며 짐을 싸셨다. 소희가 천천히 하시라고 말려도 소용없었다.

"에티오피아에 현수가 오면 말이다. 어딜 돌아보면 좋을까? 블루나일폭포와 랄리벨라의 암굴교회가 제일 유명하긴 한데…. 아! 제일 먼저 홀리 트리니티 대성당에 가야겠다. 거기에 육이오전쟁에 파병을 결정한 셀라시에 황제가 묻혀 있거든. 지하에는 전사자들도 함께 묻혀 있고 말이야."

할아버지는 손으로는 짐을 싸면서 입으로는 계속 얘기를 하셨다. 우리 할아버지가 원래 저렇게 수다스러웠나? 이게 다 어제 현수 할아버지와 한 약속 때문이었다. 할아버지가 작별 인사를 하면서 꼭 건강해져서 에티오피아에 오라고, 너에게 보여 주고 싶은 것이 정말 많다고 얘기하셨다. 그러자 현수 할아버지가 환하게 웃으며 고개를 끄덕이셨던 거다.

할아버지의 머릿속에서는 이미 두 분이 만나 에티오피아를 신나게 돌아다니고 있는 것 같았다. 개구쟁이 같은 할아버지의 표정을 보니 소희도 덩달아 기분이 좋았다.

그때 소희의 휴대전화가 울렸다. 현수 할아버지의 아들이었다. 무슨 일인지 고개를 갸웃하며 전화를 받았다. 잔뜩 잠긴 목소리였다.

"오늘 아침에… 아버지가… 돌아가셨어요."

어젯밤 현수 할아버지는 아주 오랜만에 깊이 잠드셨다고 했다. 그리고 그것이 마지막이었다. 마치 바라던 소원을 다 이룬 것처럼 아버지의 표정은 무척 편안했다며, 찾아 주셔서 정말 감사하다고 울먹이셨다.

얘기를 전해 들은 할아버지는 한동안 말이 없으셨다. 그저 먼 하늘을 바라보며 조용히 목걸이만 만지셨다. 이럴 땐 무슨 말을 어떻게 해야 할지 알 수가 없었다. 소희는 잠시 망설이다 할아버지의 손을 가만히 잡아 드렸다. 생전 처음 잡아 보는 거칠고 주름진 손. 할아버지의 손은 떨렸지만 따뜻했다. 할아버지가 고개를 돌려 소희를 마주 보셨다.

"괜찮다. 그래도 칠십 년 만에 이 목걸이가 제 주인을 찾지 않았니."

그리고 또렷한 한국어로 덧붙이셨다.

"소희야! 정말 고맙다."

그날 저녁 엄마 아빠가 집으로 돌아오자 소희는 기다렸다는 듯 말했다.

"엄마, 나 콘서트 말고, 이번 방학에 할아버지 나라에 다녀오면 안 돼요?"

"뭐? 진짜?"

어리둥절해 하는 두 분의 모습에 소희와 할아버지는 마주 보며 웃었다. 할아버지 얼굴에 떠오른 미소를 보자 에티오피아에 가기 전 꼭 해야 할 일이 생각났다.

소희는 방으로 들어가 휴대전화를 들었다. 잠시 망설이다 주소록에서 이름을 찾았다. 한때 마주보며 미소를 나눴던 그 아이의 이름을. 소희는 길게 심호흡을 한 후 통화 버튼을 눌렀다. 통화음이 울릴 때마다 심장이 터질 것 같았다. 드디어 수화기 저편에서 목소리가 들려왔다.

"여보세요?"

"은지야. 나야, 소희."

해야 할 말과 하고 싶은 말이 넘쳐났다.

작가의 말

　몇 년 전 TV 다큐를 통해 에티오피아 강뉴부대를 알게 됐습니다. 거기서 한국 아이를 찾는 한 할아버지의 사연도 듣게 됐어요. 사실 그전까지는 한국전쟁에 에티오피아가 참전했다는 것도, 강뉴부대의 이름도 잘 몰랐습니다. 부끄럽게도 저 역시 한국전쟁은 책이나 영화에서 본 단편적인 지식이 전부였거든요.

　그런데 적대감과 폭력, 상처와 분노만이 가득했을 전쟁터에서 기적처럼 피어난 사랑이 있다니 정말 놀라웠습니다. 안타깝게도 너무 오랜 시간이 지나 아이를 찾을 만한 기록이나 단서가 남아 있지는 않았어요. 아이를 찾지 못하고 씁쓸하게 뒤돌아서던 할아버지의 표정이 오랫동안 잊히지 않았습니다.

　그래서였을 겁니다. 한국전쟁 70주년을 맞아 청소년을 위한 소설을 써 보자는 얘기를 듣자 곧바로 할아버지가 떠올랐습니다. 이야기 속에서라도 그 아이와 만나게 해 주고 싶었던 것 같아요.

글을 쓰기 위해 한국전쟁에 대해 알아보고 생각하는 시간을 많이 가졌습니다. 알면 알수록 단지 70년 만의 극적인 만남에 초점을 맞추고 싶지는 않았습니다. 전쟁이라는 비극적인 상황에서 이렇게 특별한 인연이 생겨난 건 다행이지만, 그것으로 전쟁의 흉포함을 덮을 순 없으니까요.

한국전쟁은 분명 북한이 일방적으로 일으킨 전쟁이었지만, 그 전부터 한반도에는 전쟁의 불씨가 점점 커지고 있었습니다. 미국과 소련에 의해 삼팔선이 그어진 후, 남북은 서로 다른 사상과 가치관을 가지고 대립하고 있었거든요. 여러분도 잘 알다시피 당시는 민주주의와 공산주의가 서로 편 가르기를 하며 싸우던 냉전 시기였어요. 결국 '나는 맞고, 상대방은 틀렸다'는 생각이 전쟁으로 이어졌고, 같은 민족끼리 총부리를 겨누는 비극이 일어났습니다.

전쟁은 '다른 것은 나쁘다'는 편견과 차별에서 시작되는 거라고 생각합니다. 지금도 세계 곳곳에서는 그런 전쟁이 일어나고 있어요. 종교가 달라서, 또 때로는 인종이나 민족이 달라서 서로를 죽이고 모든 것을 파괴하고 있습니다.

그런 한편 '다르다'는 것은 전혀 문제가 되지 않는 사람들도 있습니다. 이 이야기에 등장하는 소희의 할아버지와 현수처럼요. 피부색이나 종교, 국적과 상관없이 생명은 다 소중하고, 사랑받을 가치가 있다고 생각하는 사람들이죠. 그런 사람들이 전쟁을 멈추고 평화를 가져오는 것이 아닐까요?

문득 어떤 질문 하나가 떠올랐습니다. 과연 편견과 차별, 혐오는 전쟁터에만 있는 걸까? 평화로운 시대에 사는 우리 안에는 없을까? 그런 생각을 하게 된 것은 지금 우리 일상 속에서 아무렇지도 않게 편견과 차별이 행해지는 경우가 많기 때문입니다.

피부색이 다른 다문화 친구를, 몸이 불편한 장애인 친구를, 아파트 평수가 다른 친구를, 북한에서 온 탈북자를, 분쟁국가에서 온 난민을, 단지 다르다는 이유로 차별하고 미워하는 이야기가 우리 주변에 너무 많습니다.

70년 전에 일어난 과거의 전쟁을 지금 돌아봐야 하는 이유가 여기 있다고 생각합니다.

차별과 편견이 갈등과 충돌을 일으킨다는 것. 반대로 다름을 인정하고 이해할 때 평화가 지켜진다는 것. 그 당연한 진리를 과거의 아픈 역사를 통해 더 분명히 느낄 수 있으니까요.

소희는 이름도 모르는 나라를 돕겠다고 한국에 온 할아버지의 용기와 처음 본 전쟁고아를 보살핀 사랑에 마음이 움직입니다. 그리고 자기 안의 차별과 편견을 깨닫게 되죠. 마침내 용기를 내서 은지에게 먼저 전화를 합니다.

이 작은 이야기가 여러분에게도 내 안의 차별과 편견을 조금이라도 깨는 기회가 될 수 있다면 참 좋겠습니다.

마스코트 레디

강리오 대학에서 언론홍보학과 문예창작을 전공했다. 지금은 글을 쓰고 아이들을 가르친다. 지은 책으로는 청소년 소설 《어항에 사는 소년》이 있다.

시야가 환해졌다. 봉구는 눈이 부셔서 흙 묻은 손으로 눈을 가렸다. 누군가 따뜻하고 큰 손으로 봉구의 어깨를 잡고 흔들었다.

봉구는 게슴츠레 눈을 떴다. 차가운 공기가 코끝에 닿았다. 반가운 얼굴이 보였다. 스미스가 쭈그리고 앉아 있었다. 봉구와 눈이 마주치자 스미스가 미소 지었다.

"테디!"

스미스는 봉구를 테디라고 불렀다. 봉구는 그게 무슨 뜻인지 몰랐지만 싫진 않았다. 왠지 자신을 특별하게 불러주는 듯했다. 봉구는 미소로 대답을 대신했다. 스미스가 봉구에게 말했다.

"테디, 아이 해브 투 텔…."

스미스가 하는 말이 생각보다 길어졌다. 당연히 봉구는 알아들을 수 없었다. 초콜릿이나 군용 식량을 가지고 다니는 미군들을 쫓아다니면서 미국말 몇 개는 익혔지만 대화를 이해할 정도는 아니었다.

"…오케이?"

스미스가 묻는 것처럼 말끝을 올리며 말을 마치고 봉구를 빤히 쳐다보았다. 봉구는 미군들이 엄지와 검지를 동그랗게 말아 '오케이' 하며 고개를 끄덕이던 것을 떠올렸다.

'대충 알겠다는 뜻인가?'

봉구가 알아들은 단어는 '오케이'뿐이었다. 다리 근처에 지쳐 쓰러진 자신을 발견하고 구덩이언덕으로 데려온 스미스가 하는 말이라면 싫다고 할 이유가 없었다. 봉구는 잠시 생각하다 대답했다.

"오케이!"

"굿! 시 유!"

스미스가 봉구의 어깨를 탁탁 두드리고는 서둘러 자리를 떴다. 봉구는 스미스의 허리춤을 붙들고 장난을 걸고 싶었지만, 스미스가 가는 모습을 멀뚱히 쳐다만 보았다.

봉구는 흙구덩이에서 기어 나왔다. 하루가 다르게 추워진 날씨에 앙상한 팔을 맨손으로 쓸었다. 언덕배기 아래를 둘러보니 언덕 아래쪽에 영식이가 다른 아이들과 모여 있었다.

봉구는 자신의 구덩이에 덮여 있던 판자를 구멍 위에 살포시 올려놓고 무리가 있는 쪽으로 걸음을 옮겼다. 총알에 깊이 파인 구멍들을 지나치면서 다른 판자들을 밟지 않도록 조심했다. 열 개쯤 되는 구덩이를 덮은 판자들이 삐뚤삐뚤 놓여 있었다. 구덩이들은 모두 미군들의 작품이었다. 미군들은 하루아침에 전쟁으로 부모를 잃고 혼자 떠돌아다니는 아이들을 데려다가 구덩이를 파고 그 위에 덮을 판자를 내주었다. 아이들은 온종일 먹을 것을 찾으러 돌아다니다 해가 지면 각자 구덩이로 기어들어 가 잠들었다. 마을 사람들은 언젠가부터 이 언덕을 '구덩이언덕'이라고 불렀다. 총알만 박혀 있던 언덕이 이제는 아이들을 품은 피난처가 되었다. 이만하면 훌륭한 보금자리였다. 전쟁이 난 이후로 봉구는 지붕 있는 곳에서 자 본 적이 없었다.

봉구는 가는 도중에 몇 번이나 재채기를 했다. 곳곳에 단풍이 만연했지만 봉구가 입은 옷은 계절에 맞게 도톰해지지 않았다. 여름에 일어난 전쟁 때 입은 옷은 더러워지고 나달나달해졌다.

영식이가 봉구를 보자 손을 들어 알은체했다. 영식이는 구덩이에 사는 아이들 중에 가장 키가 커서 돋보였다. 봉구보다 머리 하나쯤 더 컸다. 영식이가 봉구에게 말했다.

"여태 잤냐? 배고파 죽겠어. 얼른 내려가자."

"크큭, 그래."

"왜 웃어? 또 내 이 보고 웃지?"

"웃긴데 어떻게 참냐?"

봉구가 일어나면서 킥킥거렸다. 영식이는 앞니 절반이 없었다. 피난길에 맨바닥에서 자던 어느 날, 피난 가던 아저씨가 모르고 얼굴을 밟는 바람에 앞니 절반이 부러졌다고 했다. 영식이가 그 얘기를 처음 털어놓았을 때도 봉구는 입꼬리가 절로 씰룩거리는 걸 겨우 참았다.

봉구와 영식이가 구덩이언덕을 내려갔다. 그 뒤로 어린 아이들이 조르르 따라붙었다. 구덩이에 사는 아이들 중에서 봉구와 영식이가 제일 나이가 많았고 나머지 아이들은 여덟 살에서 열 살 정도였다. 그래서인지 봉구와 영식이 주변으로 자연스럽게 아이들이 모였다.

흙구덩이가 모여 있는 언덕배기에서 조금만 더 내려가면 미군 부대가 나왔다. 시들어 가는 풀처럼 짙은 녹색 천막들이 늘어서 있고 가운데에 미국 국기 게양대가 덩그러니 놓여 있는 곳이 미군 부대였다. 황소보다 큰 까만색 지프차 두어 대와 미군들을 싣고 다니는 트럭들이 경비견처럼 서 있었다. 미군 부대 주변에 있는 마을도 불에 그슬려 집터만 남았거나 뼈대만 남은 집이 대부분이었다. 그래서인지 미군 부대가 근처에 있다는 사실만으로도 봉구는 마음이 든든했다.

천막들을 지나치면 구석에 빈 나무 상자들과 냄새나는 쓰레기장이 나왔다. 거기가 오늘의 목적지였다. 부지런히 몸을 움직이면 쓰레기장에서 나오는 빵 쪼가리나 초콜릿 같은 음식을 찾을 수 있었다.

가는 도중에 영식이가 봉구를 툭 치면서 물었다.

"오랜만에 스미스 보니까 좋지?"

"좋다고 안 했는데."

"아까부터 계속 실실거리던 거 다 봤다."

봉구는 그제야 자신의 입꼬리가 올라가 있었다는 걸 깨닫고 입을 오므렸다.

봉구는 미군들 중에서 스미스를 제일 좋아했다. 스미스는 이따금 파랗고 투명한 눈으로 봉구를 한참 쳐다보았다. 봉구는 그때마다 자신을 지긋이 바라보던 아버지가 떠올랐다.

봉구의 발걸음이 가벼웠다. 오랜만에 스미스를 만나서 그런지 왠지 오늘 좋은 일이 일어날 것만 같았다. 구덩이에 사는 아이들을 깨우러 자주 오던 스미스가 요즘 들어 통 보이지 않다가 오늘 만나서였다.

언덕을 거의 내려왔을 즈음 영식이가 또 입을 열었다.

"애들이 그러던데 오늘 아침에 산송장이 언덕을 넘어 내려갔다더라."

"빨리 가야겠네. 그 아저씨가 먼저 쓰레기장으로 간 거 아냐?"

봉구는 갑자기 조급해졌다. 언제부터인가 깡마른 아저씨가 나타나 여기저기 돌아다녔다. 웃옷 가슴 언저리가 검붉은 피로 크게 얼룩진 데다 걸을 때도 힘없이 비척거려서 아이들끼리 산송장이라고 불렀다. 산송장은 주로 언덕 너머에 있는 다리 밑에서 어정거리는데 이따금 구덩이언덕에서도 보였다.

"그런데 산송장 말이야. 시체가 입었던 옷을 빼앗아 입은 거래."

"누가 그래?"

"어디서 들었어. 그 아저씨 가까이해서 좋을 게 없을 것 같아. 너도 조심해."

영식이는 이 근방에 대해 모르는 게 없었다. 앞니가 반밖에 없어서 바보처럼 보여도 머리는 좋았다. 온갖 소식을 듣고 다니고 삐라도 곧잘 주워서 아이들에게 세상이 어떻게 돌아가는지 설명해 주곤 했다.

어느덧 미군 부대 입구에 이르렀다. 봉구는 익숙하게 입구 바로 앞에서 얼기설기 쳐진 철조망을 따라 오른쪽으로 몸을 틀었다. 철조망 너머에서 군인들이 저희끼리 둘러앉아 깡통을 까먹으며 얘기를 나누고 있었다. 팔목까지 오는 군복이 포근해 보였다.

시큼한 냄새가 가까워졌다. 쓰레기장에는 벌써 몇몇 사람들이 모여 있었다. 마을 주민들도 종종 미군 부대 쓰레기장으로 먹을거리를 구하러 왔다. 늦게 가면 그마저도 없었다. 그래서 봉구와 영식이도 아침에 일어나자마자 가는 곳이 쓰레기장이었다.

산송장도 보였다. 등에 천보따리를 멘 산송장은 쓰레기장에서 먹을 것 말고 종이 다발 같은 것을 꺼냈다. 아이들을 째려보더니 빠르게 그 자리를 벗어났다. 봉구는 고개를 갸웃거렸다.

'왜 먹을 거 말고 딴 걸 가져가지?'

그때 누군가 불렀다.

"테디!"

봉구는 뒤를 돌았다. 웬 낯선 군인이 서 있었다. 짧게 자른 검은 머리가 철모처럼 반질거렸다. 다른 미군들처럼 모자를 쓰지 않아서 한국인임을 대번에 알 수 있었다. 가무잡잡한 얼굴에 낀 선글라스가 영 어색하게 느껴졌다.

"네가 테디냐?"

"네?"

"내일 오전에 부대 입구로 와라."

"왜요?"

"난 통역관이다. 스미스 장교님의 부탁을 받아서 널 찾아온 거야. 너한테 좋은 일이니 걱정 마라."

한국 군인은 자기 할 말만 하고 돌아섰다.

봉구는 뒤를 돌아보았다. 영식이는 별일 아닐 거라는 듯 어깨를 으쓱했다. 다른 아이들도 눈치를 슬쩍 보다가 쓰레기장으로 달려들었다.

＊

다음 날, 봉구는 아침에 일어나자마자 부대 입구로 갔다. 무슨 일인지 설레기도 하고 걱정도 돼서인지 잠을 자는 둥 마는 둥 했다. 수시로 판자를 설핏 열어 바깥이 얼마나 밝아졌는지 확인하다 새벽이 되어서야 잠들었다.

입구 앞을 서성거리고 있는데 누군가 또다시 '테디'를 외쳤다. 통역관이 미군 부대 안에서 손짓했다. 통역관의 선글라스에 해가 비쳐 눈부셨다. 봉구는 머뭇거리다가 안으로 들어갔다. 걱정되는 와중에 배도 고팠다.

'맛있는 거나 잔뜩 주면 좋겠다.'

어제 쓰레기장에서 먹을 걸 건지지 못했다. 봉구는 다른 아이들과 함께 나무줄기를 질겅질겅 씹으며 허기를 달랬다.

봉구는 통역관을 따라 녹갈색의 천막들을 주르르 지나쳤다. 통역관이 바지 뒷주머니에 반쯤 쑤셔 넣은 군용 모자가 아슬아슬하게 주머니에 달려 있었다.

통역관이 어느 자그만 막사 안으로 들어갔다. 그득하게 쌓여 있는 나무 상자들 안엔 군화며 옷가지들이 삐져나와 있었다. 한가운데에 물이 반쯤 채워진 나무 양동이가 놓여 있었다.

"옷 벗어라. 일단 좀 씻자."

"뭐라고요?"

봉구가 반항도 하기 전에 통역관은 거센 힘으로 봉구의 옷을 벗기고 나무 양동이에 집어넣었다. 구덩이만 한 양동이에 봉구의 가냘픈 몸이 쏙 들어갔다. 물이 얼음처럼 차가웠다.

"앗, 차가워라!"

"좀만 참아라. 휴, 내가 이런 것까지 해야 하다니."

통역관이 구시렁거리며 비누로 봉구의 등을 밀었다. 나중에는 봉구가 직접 양동이에 몸을 담가 비눗물을 씻어 냈다. 맑은 물이 순식간에 탁해졌다.

봉구는 자신이 빨랫감이 된 기분이었다. 전쟁이 터진 뒤 처음 씻어서 개운하긴 했지만 이렇게 강제로 씻게 될 줄은 몰랐다.

통역관은 상자에 걸쳐 있던 천으로 봉구의 몸에 묻은 물기를 대충 털어 냈다. 나무 상자에서 옷가지들을 꺼내 몇 번 펼쳐 보더니 허름한 군복을 봉구에게 내밀었다.

"입어라. 좀 크긴 해도 네 몸에 맞는 게 이것밖에 없다."

봉구는 엉겁결에 군복을 받았다. 군복은 천이 낡긴 했지만 땀에 찌든 냄새도 없었고 봉구가 입었던 옷보다 천이 톡톡했다. 봉구는 단추를 하나하나 채우고 밑단을 바지 속으로 집어넣었다. 팔이 많이 남아서 소매를 세 번이나 접어 올렸다. 군복이 봉구를 포근하게 감쌌다.

"따라와라."

통역관은 봉구를 끌고 나와 다른 곳으로 갔다. 그가 발길을 멈춘 곳은 막사들 중에서 가장 가운데에 있고 가장 큰 막사였다. 통역관은 봉구를 데리고 가장 큰 천막으로 들어갔다.

미군한테서만 나는 특유의 노린내가 공기 중에 둥둥 떠다녔다. 나무 다리가 엑스 자로 되어 있는 간이침대가 양옆으로 줄줄이 늘어섰고, 스미스보다도 훨씬 키가 큰 사물함이 침대 옆에 하나씩 세워져 있었다. 간이침대에는 이불이 제멋대로 개켜져 있었고 바닥에는 이상한 종이 쪼가리들이 굴러다녔다.

"장교들이 쓰는 막사야. 청소는 해 봤겠지?"

"청소요?"

"빗자루는 저 문 앞에 있다. 잠시 일을 보고 올 테니 돌아올 때까지 말끔히 치우도록."

그 말을 끝으로 통역관이 나갔다.

봉수는 멍하니 막사를 둘러보다가 입구 옆으로 갔다. 구석에 굴러다니는 빗자루를 들었다. 가느다란 싸리나무들을 한데 모아 밧줄로 중간중간을 묶어 만든 빗자루는 봉구가 쓰기엔 크고 무거웠다.

봉구는 양손으로 빗자루를 잡고 안쪽으로 걸어갔다. 다시 보니 사물함에는 속살이 다 보이는 미국 여자 사진들이 드문드문 붙어 있었다. 봉구는 가장 안쪽에서부터 문 쪽으로 빗자루 질을 했다. 언제 청소했는지 한번 쓸 때마다 먼지가 부옇게 일었다. 봉구는 날아오르는 먼지를 손으로 휘저었다.

집 마당을 쓸 때도 이렇게 먼지가 일어났다. 봉구가 앞마당 청소를 마치고 마루로 올라오면 어머니가 마루로 밥상을 갖고 나왔다. 제일 밥이 많은 그릇은 봉구 거였다. 어머니는 늦둥이라 키가 작은 것 같다며 봉구를 많이 먹였다. 봉구는 어머니, 아버지와 함께 깨끗해진 마당을 보며 아침밥을 먹곤 했다. 지금쯤 집은 이미 무너졌거나 인민군의 임시부대가 되었을 것이다. 홀로 떠돌던 중에 서울의 빈집들을 인민군이 차지했단 소식을 들었다.

인민군이 쳐들어온 날, 봉구네는 짐을 제대로 챙길 새도 없이 피난길에 올랐다. 인파로 빽빽한 한강 다리를 건너던 중 폭파된다는 소리에 봉구는 앞사람을 제치고 경중경중 뛰었다. 봉구가 다리를 다 건너고 서너 걸음 디뎠을 때였다. 고막을 찢는 듯한 폭발음이 들렸다. 그제야 봉구는 뒤를 돌아보았다. 혼자만 빠져나왔다는 으스스한 느낌이 들었다. 봉구는 밤새워 주변을 떠돌았다. 북한군이 쳐내려오니 빨리 달아나라며 타박하는 낯선 아주머니에게 등 떠밀리듯 가는 순간까지 어머니와 아버지의 옷자락도 보지 못했다.

'쌀가마는 쥐새끼들이 다 파먹었으려나? 이쯤엔 아버지랑 창고를 청소했는데.'

봉구는 세차게 비질을 했다. 먼지와 쓰레기들을 바깥으로 몰아냈다. 침대에 아무렇게나 너부러진 군용 이불들도 가지런히 개켰다. 마지막으로 더 치울 게 있나 둘러보다가 안쪽에서 세 번째에 있는 사물함에 시선이 멈췄다. 거기엔 헐벗은 여자 말고 다른 사진이 붙어 있었다.

봉구는 사물함 가까이 다가갔다. 사진 속에서 스미스를 닮은 아이가 털북숭이 장난감을 꼭 껴안고 웃고 있었다. 넙대대한 얼굴에 작고 동그란 양쪽 귀가 머리 쪽에 달린 장난감이었다. 까만 눈과 코가 앙증맞았다. 그리고 온몸이 갈색 털이었다. 한국에서는 본 적 없는 장난감이었다.

봉구가 신기해 하며 들여다보는데 뒤에서 통역관의 목소리가 들렸다.

"제대로 하고 있나?"

봉구는 황급히 뒤돌아섰다. 통역관이 서 있었다. 선글라스를 껴서 표정이 어떤지 알 수 없었다. 봉구는 빗자루를 가지고 통역관 앞으로 가서 똑바로 섰다.

"다했어요."

"벌써?"

통역관은 막사 안으로 들어가면서 눈으로 양옆을 살폈다. 허리를 숙여 침대 아래를 둘러보았다. 봉구는 긴장이 되어 까치발을 들었다 놓길 반복했다. 조금 후에 통역관이 도로 봉구 앞으로 왔다. 웃옷 주머니에서 뭔가를 꺼내 봉구에게 건넸다. 갈색 봉투로 곱게 포장된 미군 식량이었다.

"감사합니다!"

봉구는 허리 숙여 인사하고 봉지를 뜯었다. 손바닥만 한 빵을 꺼내 입에 쑤셔 넣었다. 얼마 안 가 목이 막혀서 컥컥댔다. 통역관이 말했다.

"거지도 아니고 그렇게 쑤셔 넣지 마라. 앞으로 매일 먹을 테니까."

봉구는 먹다 말고 고개를 들었다. 아까부터 이 아저씨가 대체 무슨 말을 하는지 이해가 되지 않았다. 난리 통에 계속 음식을 먹다니, 부잣집도 아니고 그게 가능하단 말인가.

"지금 연합군이 꽁지 빠지게 도망치는 인민군들을 잡아들이느라 잘 시간도 부족하다. 청소라든가 심부름할 사람이 필요하지. 그게 네가 할 일이다. 마스코트를 하기로 했다니 아주 좋은 선택을 했지."

"제가요?"

"스미스 장교님께서 네가 '오케이' 했다던데? 군복도 입었으니 넌 이제 미군 부대 소속 마스코트다. 설마, 모르고 오케이 한 건가?"

봉구는 멍해졌다. 그동안 궁금했던 것들이 한번에 풀렸다. 오늘 아침부터 스미스가 길게 했던 말부터 통역관이 다짜고짜 테디라고 부르며 목욕을 시키고 빗자루를 쥐어 준 일까지.

봉구는 전투식량 봉지를 내려다보았다. 길바닥에 떨어지지 않은 음식을 먹어 본 게 얼마 만인지 기억도 나지 않았다. 적어도 여기에서 마스코트라는 일을 하면 이런 음식을 계속 먹을 수 있고 영식이와 다른 아이들에게도 나눠 줄 수 있었다.

"아녜요! 당연히 알고 말했죠."

"한동안 주변 좀 둘러봐라. 여기서 잔심부름하려면 익숙해져야 하니까. 나는 업무 보러 갈 테니까 수상쩍은 사람 보면 바로 보고해라. 인민군 하나가 겁대가리 없이 이 부근을 서성거린다는 정보가 있어. 미군 부대 근처까지 왔다더라."

인민군이란 말에 봉구는 입술을 깨물었다. 인민군이라면 치가 떨렸다. 양어깨에 빨갛고 네모난 장식을 단 인민군들은 떼거지로 나타나 협박하고 총을 쏘아 대며 사람들을 죽였다. 봉구는 인민군을 피해 빈집이나 다리 밑에 숨어 정신없이 도망치기 일쑤였다.

통역관이 봉구를 데리고 나왔다. 손목시계를 보더니 뒷주머니에 넣었던 모자를 꺼내 머리에 눌러썼다. 그러고는 다른 막사로 빠르게 걸어갔다.

봉구는 통역관이 멀어진 것을 확인하고는 반쯤 남은 빵을 손에 쥐고 막사를 가로질러 뛰었다. 입구를 빠져나와 곧장 언덕으로 향했다. 숨이 턱까지 차올랐다.

봉구의 빈 구덩이 옆에서 영식이가 서성거리고 있었다. 봉구는 영식이 앞에 도착해 숨을 몰아쉬었다. 영식이가 위아래로 봉구를 훑어보았다. 봉구는 빵 조각을 영식이에게 건넸다. 영식이가 물었다.

"그 옷은 어디서 났어?"

"나 이제 미군 부대에서 일한다."

봉구는 미군 부대에서 있었던 일을 늘어놓았다. 그러는 동안 영식이는 봉구에게서 받은 빵을 쪼개 먹었다.

봉구의 얘기를 다 들은 영식이가 손가락을 쪽쪽 빨아 먹으며 말했다.

"출세했네! 거기서 일하면 나도 챙겨 주는 거 알지?"

"걱정 마. 맨날 너 보러 올 거다. 참, 나 미국 장난감도 봤어. 갈색 털북숭이인데 얼굴이랑 눈이랑 코랑 동글동글한 게 귀엽더라."

"딱 너네."

"뭐야?"

"동그란 얼굴에 큰 눈, 거기다 주먹코잖아. 미국 장난감이 널 본떠서 만들어졌나 봐."

영식이가 낄낄거렸다. 그때 언덕 꼭대기에서 꾀죄죄한 아이들 무리가 내려왔다. 구덩이 출신 아이들은 흙에서 먹고 놀고 자서 그런지 옷이 유난히 칙칙했다. 멀리서 봐도 구덩이에 사는지 아닌지 알 수 있었다.

"봉구 형아 군복 입었다!"

한 아이가 코를 훌쩍이며 말했다. 아이들은 영식이 주변으로 우르르 몰려들었다. 영식이가 키가 제일 커서인지 아이들은 봉구보다 영식이를 더 따랐다. 영식이가 아이들에게 말했다.

"봉구가 미군 부대에서 일해서 음식을 구할 수 있대."

"진짜? 형, 난 초콜릿 챙겨 줘."

"어떻게 일하게 되었어?"

아이들이 초롱초롱한 눈빛으로 봉구를 올려다보았다. 순간 봉구는 키가 커진 듯한 기분이 들었다.

"자식들아, 이 형님이 알려 주지."

봉구는 구덩이 동생들 앞에서 청소했던 일을 영웅담처럼 늘어

놓았다. 파란 하늘이 노랗게 물들어 갈 때까지 실컷 떠들었다. 그러자 별명이 까치집인 녀석이 말했다.

"우와, 형 대단하다! 난 형이 군복 주워 입은 줄 알았잖아. 산송장처럼."

"산송장?"

뜻밖의 얘기에 봉구가 되물었다. 까치집이 누런 콧물을 훌쩍이며 말을 이었다.

"애들이랑 풀뿌리 캐려고 언덕을 넘어 내려갔는데 맞은편 다리 밑에서 산송장이 옷을 갈아입고 있었어. 피 묻은 옷 안에 군복이랑 비슷한 걸 입었던데?"

"나 같으면 군복을 위에 입겠다."

"산송장도 미쳤나 봐."

아이들은 저희끼리 조잘댔다. 어제 아침에 쓰레기장에서 음식 말고 종이 쪼가리를 챙기질 않나, 피 묻은 옷을 입질 않나, 산송장은 평범한 구석이 하나도 없었다. 통역관이 말했던 수상한 사람에 딱 맞는 사람이었다.

그런 생각이 들자 봉구는 머리털이 쭈뼛 섰다.

"설마…?"

봉구는 급히 언덕을 뛰어 내려갔다. 미군 부대 입구로 들어가 통역관을 만날 때까지 뒤돌아보지 않았다.

*

봉구는 빈 나무 상자를 엎어 놓은 곳에 주저앉아 새 군용 식량 봉지를 뜯었다. 점심 때 나눠 준 비스킷이었다. 하루에 한 끼니 먹기도 어려웠는데 사흘 연속 세 끼를 꼬박꼬박 챙겨 먹어서인지 속이 더부룩했다. 봉구는 배급받은 식량의 절반쯤만 먹고 나머지는 따로 보관해 두거나 지금처럼 청소를 끝내고 먹었다. 새 비스킷을 먹으려던 찰나에 누군가 봉구를 불렀다.

"하이, 테디!"

콧수염을 빽빽이 기른 미군 장교가 봉구에게 손을 흔들었다. 봉구가 멋쩍게 웃었다. 봉구에게 다가온 미군 장교는 주머니에서 초콜릿을 꺼내 주었다. 은박지에 싸여 있는 새 초콜릿이었다.

"감사합니다!"

"그럴 땐 '땡큐 서'라고 하는 거야."

봉구가 뒤를 돌아보았다. 통역관이 이쑤시개를 질겅질겅 씹으며 다가왔다. 통역관이 미군 장교를 보며 쫙 편 손바닥을 눈썹 끝에 댔다. 미군 장교가 똑같은 행동을 하자 통역관이 손을 내렸다. 미군 장교는 봉구와 통역관을 지나쳐 갔다.

통역관이 봉구 옆에 주저앉았다. 선글라스를 벗고는 주머니에서 작은 천 쪼가리를 꺼내 조심스럽게 선글라스를 닦았다. 봉구는 통역관의 민낯을 처음 보았다. 통역관은 눈이 엄청 작고 콧대도 낮았다. 선글라스를 꼈을 때의 위엄은 온데간데없었다. 봉구는 이렇게 생긴 사람을 피난길에 여러 번 봤다. 통역관이 말했다.

"미군과 대화할 땐 되도록 미군이 쓰는 말로 대답하려고 노력해라. 마스코트가 그 정도 눈치는 있어야지."

"근데 대체 마스코트가 뭐예요?"

"뭐, 일단은 부대에서 소일거리 하는 사람쯤으로 해 두자. 원래 뜻은 행운을 가져다주는 거란 뜻이야. 네 덕에 인민군을 잡았으니 마스코트 역할을 초장에 잘해 낸 셈이지."

"행운을 가져다주는 것⋯."

봉구는 그 말을 곱씹었다. 전쟁이 일어난 후 최근에 지냈던 사흘이 봉구에게는 그야말로 행운이었다.

그날, 봉구가 달음박질해 도착한 곳은 통역관 앞이었다. 산송장에 대한 얘기를 꺼내자 통역관은 봉구에게 이것저것 물어봤다. 봉구는 아는 것을 모조리 대답했다. 구덩이언덕을 돌아다니던 게 인민군이라고 생각하니 걱정이 앞섰다. 구덩이언덕에 사는 아이들이 위험할 수 있었다. 밤이 깊어서야 봉구는 통역관의 지시를 받고 장교 막사 옆에 있는 막사로 들어가 잠들었다.

다음 날 오후가 지나서야 봉구는 통역관에게서 산송장이 죽은 사람의 옷을 훔쳐 입은 인민군이라는 사실을 들었다.

"그 인민군 새끼가 수류탄까지 갖고 있었지 뭐냐. 네가 알려 주지 않았더라면 큰일이 날 뻔했다. 거기다 인민군이 만든 삐라도 발견됐어. 북조선엔 굶는 사람 없다고 쓰여 있더라. 아무것도 모르는 마을 주민들에게 헛소문을 퍼뜨리려고 했던 거지."

모처럼 통역관의 말투까지 부드러웠다. 거기다 새로 들어온 마스코트 소년이 좋은 정보를 알려 주어 인민군을 잡았단 소식은 미군 부대에 삽시간에 퍼졌다. 미군들은 봉구를 볼 때마다 다가와서 군용 식품, 초콜릿 따위를 쥐어 주었다. 처음 보는 파란 눈들이 스미스처럼 자상했다. 나중에 만난 스미스는 봉구를 꽉 끌어안고는 자기 무릎에 앉혀 놓고 다른 군인들과 얘기를 나누기도 했다. 오고 가며 미군들이 봉구에게 건네 준 손길에 온기가 묻어났다. 사흘 동안 봉구는 날이 쌀쌀한지도 몰랐다.

"여기서 잘해라. 네가 잘만 하면 미국으로 입양 갈 수도 있다."

"네?"

"요즘 한국에 고아들이 너무 많아서 미국인들이 한국인 고아들을 미국으로 입양을 보내고 있어. 미국처럼 강한 나라에서는 전쟁도 일어나지 않는다."

통역관이 하는 말은 너무나 갑작스러웠다. 봉구는 자신을 놀리는가 싶어서 어색하게 웃어넘기고 하고 싶었던 얘기를 조심스레 꺼냈다.

"저, 막사 세 군데 다 청소했는데 구덩이언덕에 다녀와도 됩니까?"

"그래라. 해지기 전까지만 돌아와."

"감사합니다."

봉구는 일어나서 자기 침소가 있는 막사로 달려갔다. 거기엔 그동안 모아 놓은 음식들이 쌓여 있었다. 봉구는 군복을 벗어 바닥에 깐 다음, 그 안에 음식들을 한데 모았다. 중간에 떨어지지 않게 꽁꽁 여미고는 보따리를 안고 구덩이언덕을 향해 달려갔다. 숨이 찼지만 발이 가벼웠다.

'녀석들이 얼마나 좋아할까? 나도 그동안 하고 싶었던 얘기해야지.'

언덕 중턱에 아이들이 옹기종기 모여 있었다. 봉구는 아이들 앞으로 달려가 옷 보따리를 풀었다. 새 초콜릿이며 뜯지도 않은 군용 식품들이 땅에 떨어졌다. 쓰레기장에서 건져 온 비스킷에 묻은 비닐 쪼가리를 떼던 아이들이 입을 벌리고 봉구를 올려다보았다. 봉구는 입꼬리가 절로 올라갔다. 보따리로 사용했던 군복을 다시 걸쳐 입고 단추를 채우면서 말했다.

"먹어. 이거 다 내 거야."

"우아!"

아이들이 환호성을 지르며 일제히 포장된 음식으로 달려들었다. 순식간에 봉구가 가져온 식량들이 순식간에 아이들 주머니로 들어갔다. 영식이가 새 초콜릿 포장지를 뜯으면서 말했다.

"너 능력 좋다. 사흘이나 안 보여서 무슨 일 생긴 줄 알았어. 갑자기 군인들이 산송장을 끌고 가질 않나."

"일이 좀 있었어. 그동안 일하느라 도중에 나올 시간도 없었고."

봉구는 기어들어가는 투로 대답했다. 아이들이 산송장에 대해 알려 준 덕분이란 말이 목구멍에서 맴돌았다. 그걸 얘기하면 아이들이 지금처럼 자신을 바라봐 주지 않을 것 같았다.

"형, 진짜 대단하다. 이거 먹을래? 내가 엄청 아끼는 거야."

까치집이 쓰레기장에서 주운 닭고기 통조림을 내밀었다. 허여멀건 닭고기 사이로 거뭇거뭇한 먼지들이 끼어 있었다. 예전 같았으면 봉구는 눈 깜빡할 사이에 먹어 치웠을 텐데 지금은 그걸 보니 속이 거북해졌다. 오늘 아침에 봉구는 미군들과 함께 새 통조림 콩을 나눠 먹었다.

"난 괜찮아. 너 먹어."

봉구는 손을 내저었다. 까치집이 닭고기를 자신의 입속으로 밀어 넣었다. 항상 영식이만 형이라며 따르던 아이가 자신에게 무언가를 나눠 주기는 처음이었다. 아이들은 이전과는 다른 눈빛으로 봉구를 바라보았다. 봉구는 자신이 초콜릿을 들고 있는 미군이 된 것만 같았다. 그게 좋기도 하면서 부담이 되었다.

영식이가 새 초콜릿 포장지를 뜯으며 물었다.

"미군 생활은 어때? 구덩이 말고 다른 데서 잤을 거 아냐."

"딱딱한 나무판자에 군용 담요 덮고 잤어."

"담요래!"

"좋겠다. 요즘 구덩이 너무 추워."

아이들은 봉구가 가져온 음식들을 게걸스럽게 먹어 치웠다. 영식이는 입에 초콜릿이 묻은 줄도 모르고 미국 글자가 크게 쓰인 봉지를 뜯어 그 안에 있는 하얀 가루를 손으로 퍼먹었다. 흙 범벅인 아이들의 옷에 과자 부스러기와 통조림에서 흐른 국물이 묻었다. 봉구는 자신도 모르게 한 걸음 뒤로 물러났다.

"이만 가 볼게."

"벌써? 아쉽다. 애들하고 술래잡기할 건데 너도 하고 가."

영식이가 가루 묻은 손으로 봉구의 팔을 붙들었다. 봉구는 순간 영식이의 손을 거칠게 뿌리쳤다. 그 바람에 영식이는 옆으로 넘어졌다. 영식이가 들고 있던 군용 가루식품이 떨어져 가루가 땅에 흩뿌려졌다. 영식이가 눈이 동그래져서 올려다보자 봉구가 내뱉듯 말했다.

"그러니까 내가 바쁘다고 했잖아. 나 갈 거야."

봉구는 서둘러 언덕을 내려갔다. 아이들의 눈초리가 자신을 계속 따라오는 듯했다. 원래는 하고 싶은 얘기가 산더미였다. 노린내 나는 군용 막사에서 미군들이 코고는 소리 때문에 제대로 잠을 못 잤단 얘기, 춥지만 않으면 풀벌레 소리 들으며 잠들었던 구덩이도 나쁘지 않단 얘기, 미군들이 친절하긴 한데 무슨 말을 하는지 몰라서 곤란하단 얘기들을 쏟아놓으려고 했다. 하지만 아이들을 볼수록 그런 말이 안으로 말려들어 갔다.

기분이 이상했다. 어제까지만 해도 함께 어울려 다니던 아이들인데 마음이 전 같지 않았다. 아침에 둘러앉아 음식을 먹고 씻던 군인들이 떠올랐다. 지금 봉구가 입은 옷에는 흙먼지 같은 건 묻어 있지 않았다.

미군 부대로 들어가고 나서야 봉구는 인정할 수밖에 없었다.

'더러워.'

얼마 전까지만 해도 봉구는 영식이와 탄피 줍기 내기를 하며 언덕을 함께 뒹굴었다. 그런 영식이가 더럽다고 느끼다니 자신이 갑자기 나쁜 사람으로 변해 버린 것 같았다.

미군 부대 입구로 들어온 봉구는 영식이에게 붙들렸던 팔을 손으로 털었다. 낮은 음성이 봉구를 불렀다.

"헤이, 마스코트!"

봉구가 소리가 난 곳을 쳐다보았다. 멀리서 미군들이 담배를 피우며 봉구에게 손을 흔들었다. 봉구는 일어나서 통역관처럼 손바닥을 꼿꼿이 펴고 이마 옆에 붙였다. 그러자 미군들이 환하게 웃었다. 봉구는 그제야 조금 마음이 놓였다.

'그래, 난 마스코트야. 잠잘 곳도 있고 음식을 아껴 먹지 않아도 돼.'

뒤에서 익숙한 소리가 들렸다. 봉구는 뒤를 돌아보았다. 부대 입구 너머로 영식이와 까치집이 서 있었다. 까치집이 배를 부여잡고 있었고 영식이는 금방이라도 넘어질 것 같은 까치집을 부축하고 있었다. 봉구는 아이들이 있는 쪽으로 가서 입구를 사이에 두고 섰다. 영식이가 봉구에게 외쳤다.

"봉구야, 도와줘. 얘가 아까 먹었던 게 상했는지, 갑자기 설사를 하는데 멈추질 않아. 약 좀 구해다 줘."

"약이라니, 나한테 그런 거 없어."

"네가 미군들한테 달라고 부탁하면 되잖아."

봉구는 미군들이 있는 곳을 돌아다보았다. 행운을 가져다준다는 마스코트가 똥 냄새나는 친구를 데리고 가면 미군들은 뭐라고 생각할까? 지금처럼 자신을 보며 웃어 줄까?

"나도 여기 온 지 얼마 안 됐는데 왜 나한테 와서 그래. 얼른 돌아가."

"김봉구. 같은 친구끼리 왜 그러냐? 너 아까부터 좀 그렇다."

"내가 뭘! 성가신 부탁이나 하지 마. 곤란하게 하지 말고 꺼지라고!"

봉구는 자신도 모르게 큰소리를 질렀다. 영식이가 황당한 표정을 지었다. 반밖에 없는 앞니가 보였지만 봉구는 하나도 웃기지 않았다. 아릿한 통증이 봉구의 가슴을 맴돌았다.

"으윽, 나 싼다!"

까치집이 바지를 내려 그 자리에 주저앉았다. 봉구는 뒤돌아 미군들이 있는 곳으로 달려갔다.

저녁때가 되어 봉구는 음식들을 나르고 흰 모자를 쓴 미군들과 함께 다른 미군들에게 깡통을 나눠 주었다. 까치집이 먹었던 닭이 그려진 깡통이었다. 까치집이 새 깡통에 든 음식을 먹었다면 배탈이 나지 않았을지도 몰랐다. 저녁을 먹고 일찍 막사로 들어가 자리에 누울 때까지 봉구는 영식이의 표정이 잊히지 않았다.

봉구는 억지로 잠을 청했다. 애써 잠들었건만 그날 꿈에서 똥범벅이 된 까치집과 다리 한쪽을 잃은 어머니가 봉구를 향해 쫓아왔다. 봉구는 있는 힘을 다해 달렸다. 어디선가 피범벅이 된 옷을 입은 인민군이 봉구 앞에 나타났다. 인민군이 들고 있던 수류탄을 봉구에게 날렸다. 폭탄이 터지면서 봉구의 팔다리가 날아갔다.

"내 잘못 아냐!"

봉구는 그 말을 외치며 일어났다. 온몸이 땀범벅이었다. 미군들이 코고는 소리가 폭탄 터지는 소리처럼 요란했다. 봉구는 소매로 얼굴을 훔쳤다. 흘러내리는 땀과 눈물이 군복으로 빠르게 스며들어 갔다.

*

가지 끝에 간신히 매달려 있던 단풍이 떨어졌다. 앙상해진 나무들이 전쟁이 휩쓸고 간 집처럼 쓸쓸해 보였다. 폭탄 맞아 움푹 파인 길 위로 불그죽죽한 잎들이 살포시 내려앉았다.

봉구는 낙엽을 한쪽 구석으로 몰았다. 봉긋한 낙엽 더미가 구덩이언덕을 닮은 듯도 했다. 그날 이후로 봉구는 한 번도 미군 부대

밖을 벗어나지 않았다. 아예 언덕 쪽을 쳐다보지 않았다. 지천에 깔린 단풍처럼 그때의 혼란한 기억을 애써 가렸다.

비질을 마친 봉구는 군복의 옷깃을 바짝 세워 목을 감쌌다. 막사 내부를 청소하기 위해 장교 막사로 향했다. 계절이 바뀌어서인지, 미군 부대가 한산해져서인지 하루가 다르게 추워졌다. 일주일쯤 전부터 부대는 긴박하게 돌아갔다. 미군들은 막사를 수시로 들락거렸고, 미군들은 자기 몸만 한 가방을 메고 트럭에 올라타 나가고 나서 다시 돌아오지 않았다. 그들은 봉구의 머리를 쓰다듬거나 간식 따위를 봉구에게 주고 떠났다. 봉구의 잠자리에는 식량 봉지가 쌓여만 갔다. 우직하게 부대 안을 지키는 건 봉구 자신밖에 없는 듯했다.

장교 막사가 가까워졌을 때 반가운 사람이 막사에서 나왔다. 봉구는 바로 겨드랑이에 빗자루를 끼고 손바닥을 빳빳하게 펴서 거수경례를 했다.

"헤이, 테디!"

"예스 서!"

"아이 해브 투 텔 유."

봉구는 고개를 끄덕였다. 미군 부대에서만 지내다 보니 알아듣는 단어가 하나둘 늘어났다. 통역관을 만나지 않는 날엔 하루 종일 듣는 건 미국말이 전부였다. 대체로 상황을 봐서 알아채고 잘 모르겠는 건 나중에 통역관을 만날 때 물어보았다.

봉구가 입술에 침을 바르고 대답했다.

"예스."

"두 유…고…아메리카?"

"아메리카? 미국이요?"

"예스, 위 윌…."

스미스가 알아들을 수 없는 말을 길게 이어 갔다. 봉구는 평소보다 스미스의 말에 집중할 수 없었다. 아무래도 스미스가 자신에게 미국으로 가자고 물어보는 것 같았다. 봉구는 당황해서 스미스에게 한국말로 되묻고 말았다.

"…오케이?"

스미스가 봉구의 눈을 빤히 들여다보았다. 스미스의 맑은 눈동자에 봉구의 그림자가 비쳤다. 봉구는 한 자 한 자 힘을 주어 대답했다.

"아이 싱크, 플리즈."

입술이 바짝 타들어 갔다. 봉구가 더듬거리며 영어 단어를 늘어놓으면 미군들은 대강 알아들었다. 스미스가 설핏 웃으며 '오케이, 시 유 순!'이라고 말하며 급히 다른 막사로 뛰어갔다.

봉구는 싸리나무 빗자루를 도로 잡았다. 쓸었던 데를 다시 쓸었다. 빗자루가 땅을 훑을 때마다 흙먼지가 일었다.

'스미스가 물었을 때 바로 오케이를 외쳤다면 무슨 일이 벌어졌을까?'

예전에 스미스가 마스코트를 할지 물었을 때 어느 순간 미군 부대로 들어온 것처럼, 정신 차리고 보면 아득히 먼 나라에 발을 딛고 있을지도 몰랐다. 봉구는 고개를 세차게 저었다. 그런 건 상상도 하고 싶지 않았다.

봉구는 머릿속으로 미국이란 나라를 떠올려 보았다. 친절한 미국 남자들과 옷을 거의 입지 않은 여자들, 예쁜 장난감들이 있고, 한국인 고아를 입양하며 전쟁이 일어나지 않는 강대국. 예전에 통역관이 했던 말이 떠올랐다.

'전쟁이 일어나지 않으면 적어도 한국보다 살 만하지 않을까?'

생각이 거기까지 미쳤을 즈음 봉구는 철조망 바로 앞에 서 있었다. 멍하니 비질을 하다 보니 부대의 구석 자리까지 와 버렸다.

봉구는 고개를 들었다. 마름모꼴의 가느다란 철조망이 미군 부대 전체를 둘러싸고 있었다. 그 너머로 익숙한 얼굴이 보였다. 이전보다 피부가 까매지고 머리가 덥수룩해진 영식이었다. 영식이는 입을 굳게 다물고 철조망 너머로 봉구를 쳐다보고 있었다. 언제부터 있었는지 고목나무처럼 미동도 없었다. 미군에게 붙잡히기 전에 봤던 산송장처럼 비쩍 말랐다. 한 손에는 구깃구깃한 종이를 들고 있었다.

"거긴 살 만하냐?"

봉구가 어떤 행동을 취하기도 전에 영식이가 저벅저벅 걸어와 던지듯 한마디 내뱉었다. 반가움이 왈칵 들었는데 그 사이로 경계심이 뱀처럼 꼬불거렸다. 봉구가 대답도 안 했는데 영식이가 또 말했다.

"난 곧 떠나. 구덩이언덕 살던 다른 애들도 거의 다 갔다."

"갑자기 왜?"

"중공군이 인민군이랑 힘을 합쳐서 쳐들어온다는데 여기 있으면 살겠냐? 최대한 남쪽으로 내려가야지."

봉구는 피식 웃음이 났다. 영식이가 바깥 생활을 오래 하다 보니 제정신이 아닌 모양이었다. 그러자 영식이가 인상을 구기며 빈정거렸다.

"웃음이 나냐? 하긴 너는 미군들이 알아서 챙겨 줄 테니까 걱정 따위 없겠지."

"중공군이 쳐들어온다는 건 어떻게 알았는데?"

영식이가 구깃구깃한 종이 다발을 들어 봉구에게 보여 주었다. 거기엔 군인들이 어깨동무하는 그림과 함께 '중국인민지원군이 조선을 돕기 위해 조선 전선에 뛰어들었다'는 글이 쓰여 있었다. 봉구는 정신이 번쩍 들었다.

"중공군이 인민군이랑 손을 잡았다고?"

"미군 부대에서 먹고 자는 놈이 그것도 모르냐?"

영식이가 되묻는 말에 봉구는 입술이 말려들어 갔다. 어쩌면 봉구 자신이 못 알아들었을 뿐, 미군들은 그동안 중공군이 쳐들어온다는 사실을 봉구 앞에서 주야장천 떠들어 댔을지도 몰랐다. 그동안 부대가 바삐 움직이고 검정 지프차 한 대가 떠났지만 봉구는 그러려니 하며 자기 할 일을 열심히 했다. 부지런히 청소하고 미군들의 구두도 광이 나게 닦았다.

"꽤나 예쁨 받는 줄 알았더니 이런 거 하나 안 알려 주고, 미군들도 급할 땐 자기들만 챙기네."

"아니야! 스미스가 나보고 미국에 보내 주겠다고 했어."

"참나, 중공군이 들어온다는 것도 안 알려 준 스미스가 널 잘도 데려다 주겠네. 중간에 바다에 빠지지만 않으면 다행이지."

"말 함부로 하지 마라. 너 같은 거지가 미군 부대에 대해 뭘 안다고 그래?"

"뭐? 그래, 나 거지다! 그럼 넌 미군 부대 지키는 개냐? 먹고 잠만 자지, 아는 것도 없으면서."

"이 자식이!"

봉구는 영식이 얼굴 대신 철조망을 주먹으로 쳤다. 가느다란 철조망이 파르르 흔들렸다.

봉구는 위장이 뒤집어지는 것만 같았다. 철조망을 붙잡고 씩씩거리며 영식이를 노려보았다. 철조망만 없었으면 당장이라도 영식이의 멱살을 잡고 한 대 날리고 싶었다.

"너 많이 변했다."

그 말을 끝으로 영식이가 쌩하니 돌아서 구덩이언덕으로 올라가 버렸다. 봉구는 영식이 뒤통수에 대고 거지새끼라며 있는 대로 소리를 질렀다. 하지만 영식이는 뒤도 돌아보지 않고 제 갈 길을 가 버렸다.

봉구는 분이 풀리지 않았다. 철조망에 세차게 발길질을 하다가 나중엔 싸리나무 빗자루를 땅바닥에 수차례 내리쳤다. 싸리나무 가지들이 바깥 방향으로 무참히 꺾여 나갔고, 급기야는 철조망 아랫부분이 뜯어졌다.

"개 같은 소리하고 있네. 거지새끼가 … 내가 무슨 개라고…."

미군들을 태운 트럭이 탈탈거리며 부대로 들어올 때까지 봉구는 자신이 곱게 쓸어 놓은 땅바닥에 분풀이를 했다.

영식이가 한 말이 좀처럼 머릿속을 떠나지 않았다. 몸에 힘을 빼서라도 영식이를 잊어버리고 싶었다. 봉구는 모든 막사를 들락거리면서 청소를 했다. 그런데 어느 막사를 들어가든 아예 짐이 깨끗하게 치워져 있는 자리들이 눈에 띄었다. 빈자리를 볼 때마다 봉구는 왠지 모르게 마음이 내려앉는 듯했다. 사람이 없는 막사에 들어가도 멀끔한 자리만 보면 혼자 남겨진 기분이 들었다.

날이 저물자 나갔던 미군들이 하나둘 돌아왔다. 봉구는 오늘따라 미군들이 유난히 반가웠다. 마주치는 미군들마다 활짝 웃으면서 손을 흔들었다. 사실 봉구는 미국에 가고 싶지도, 남쪽을 향해 정처 없이 떠돌고 싶지도 않았다. 미군 부대와 함께라면 어디라도 상관없었다.

"테디! 디너!"

짧은 머리의 취사병이 트럭 뒤에서 봉구를 불렀다. 봉구는 잽싸

게 달려가 식량 봉지가 든 나무 상자들을 날랐다. 어느새 미군들이 나무 상자 주변으로 몰려들었다. 다들 피곤한 기색이 역력했다. 봉구는 미군들에게 식량 봉지들을 나눠 주었다.

그런데 어디선가 한국말이 시끄럽게 들렸다. 봉구는 고개를 들어 소리 나는 곳을 쳐다보았다. 미군 둘이서 소년 하나를 강제로 끌고 들어오고 있었다. 한쪽 눈과 뺨이 퉁퉁 부어 볼썽사납게 생긴 소년을 본 봉구는 놀라서 입이 벌어졌다. 영식이가 미군에게 붙들려 끌려왔다.

"제발 살려 주세요! 저는 간첩이 아닙니다. 인민군이 뿌린 삐라를 주운 거예요. 김봉구 어딨냐? 나 좀 도와줘!"

그러자 영식이를 붙든 미군이 영식이의 뒤통수를 세게 갈겼다. 영식이는 어디론가 끌려가며 계속 봉구의 이름을 불렀다. 봉구는 차마 따라갈 수 없었다. 미군들은 저희끼리 낮은 목소리로 수군거리며 식량을 들고 막사 안으로 들어갔다.

'지가 잘못을 했으니까 저리됐겠지.'

봉구는 쌤통이다 싶으면서도 자꾸만 영식이가 간 방향을 돌아보았다.

*

"불순분자에게 관심 가질 필요가 있나?"

통역관이 퉁명스럽게 대꾸하며 군화 끈을 동여맸다. 봉구는 며칠 만에 통역관을 제대로 보았다. 통역관은 며칠 새 야위었고 눈가가 파르르 떨렸다. 봉구는 통역관이 자신처럼 별로 잠을 못 잤을 거란 생각이 들었다. 어젯밤 봉구는 밤을 꼬박 새우고 오늘 종일 막사 전체를 돌아다니면서 영식이를 찾았다. 하지만 영식이는 어디에도 보이지 않았다. 봉구는 점점 애가 탔다. 밤이 늦어서야 마주친 통역관을 붙들고 영식이에 대해 물었던 것이다.

"오해가 있으셨던 걸 거예요. 영식이는 그런 애가 아닙니다."

"아닌데 인민군 삐라를 열 장이나 들고 다녀?"

봉구는 대답할 수 없었다. 분명 영식이는 정보를 더 모으려고 이것저것 주웠던 게 분명했다. 하지만 그 말을 통역관이 믿어 줄 것 같지 않았다.

"그럼 영식이는 어떻게 됩니까?"

"좀 있으면 부대를 옮길 테니 오늘 내로 결정이 날 거다."

봉구는 말문이 막혔다. 자신의 전부나 마찬가지인 미군 부대가 철수하고 있단 얘기를 어떻게 아무렇지도 않게 하냐고, 왜 자신에게 그 얘기를 하지 않았냐고 따지고 싶었다. '집 지키는 개'라는 말이 되살아나 심장을 다시 찔렀다. 봉구는 심호흡을 하고 물었다.

"부대를 옮긴다는 얘긴 처음 들었습니다."

"중공군의 공격에 대비해 북쪽으로 이동하라는 명령이 떨어졌다. 이미 부대의 미군들 절반이 이동해서 임시부대를 꾸리고 있어.

나도 여태 그 작업을 하다가 온 거다."

"그럼 저는 어떻게 됩니까?"

"그곳은 마스코트를 거둘 만큼 여유가 있지 않다. 너야 미국으로 가면 그만 아니냐? 스미스 장교님께서 다 얘기해 두셨다고 하던데. 내일이나 모레 입양 기관에서 널 데리러 올 거다."

군화 끈을 맨 통역관이 자리에서 일어났다. 봉구는 스미스에게 생각해 본다고 했지, 가겠다고 한 적은 없었다. 하지만 이곳에서 봉구의 의견은 중요한 게 아니었다. 봉구는 가시를 삼키는 심정으로 그 사실을 받아들였다.

통역관이 봉구의 어깨를 투박하게 두드렸다. 통역관의 작은 눈이 충혈되어 있었다.

"예상 밖의 일쯤은 의연하게 받아들여라. 내가 살아 봐서 아는데, 어디든 사람 사는 데는 비슷하다. 지금은 어떻게든 살아 내야 한다. 이만 자라. 잠 안 오면 창고에서 자든가."

봉구를 남겨 두고 통역관이 자리를 떴다. 휘영청 밝은 달이 미군 부대를 비췄다. 그렇게 믿음직스럽고 든든했던 미군 부대가 지금은 엉성하게 느껴졌다.

봉구는 막사로 들어가 자기 자리에 누웠다. 눈이 무겁고 피로가 천근만근이었지만 잠이 들지 않았다. 지난날을 차분히 되돌아보았다. 어찌어찌 살아 여기까지 왔지만 앞으로도 그렇게 살아야 할까. 한강 다리에서 간신히 몸만 빠져나와 혼자가 된 자신을 부모님은 어떻게 생각하실까. 아니, 정말로 돌아가셨을까.

생각이 꼬리에 꼬리를 물고 이어졌다. 머리가 지끈거렸다. 긴 생각 끝에 봉구는 마음을 정했다. 하지만 방법이 보이지 않았다.

봉구는 이 와중에 자신에게 창고에서 자라고 했던 통역관이 꽤나 섭섭했다. 벌써 자신은 이제 안 볼 사이라고 막 얘기했나 싶었다. 창고는 청소할 필요가 없어서 봉구도 가지 않는 곳이었다.

'오늘 안 가 본 곳!'

봉구는 하마터면 소리를 지를 뻔했다. 함께 자는 미군들이 요란하게 코를 골며 자고 있었다.

봉구는 자리에서 조심히 일어났다. 머리맡을 더듬거리며 쌓아 두었던 식량들을 주머니에 가득 집어넣었다. 그리고 뒤꿈치를 떼고 살금살금 걸어 바깥으로 나왔다.

스산한 바람이 불었다. 봉구가 쓸었던 낙엽들이 힘없이 바닥을 굴러다니다가 막사 천막에 들러붙었다. 봉구는 숨소리도 내지 않고 그대로 창고까지 향했다. 창고라고 해 봤자 다른 막사들보다 규모가 작은 천막이었다.

봉구는 천막을 살짝 걷었다. 줄지어 쌓여 있던 나무 상자들도 이젠 반의반도 남지 않았다. 구석 자리에 세워진 말뚝에 얼굴이 퉁퉁 부은 영식이가 묶여 있었다. 달빛이 밝아 영식이가 대번에 보였다.

봉구는 말없이 영식이에게 다가갔다. 영식이가 고개를 들며 신음 소리를 내자 봉구가 황급히 속삭였다.

"조용히 해. 여기 온 거 들키면 나도 끝장이야."

봉구는 영식이의 몸을 더듬거리다가 두 손에 묶인 매듭을 찾았다. 밧줄이 굵어서 손으로는 그냥 풀어질 것 같지 않았다. 봉구는 군복 주머니에서 통조림을 꺼내 새 통조림을 깠다. 날카로운 통조림 뚜껑의 끝부분으로 영식이의 매듭을 살살 긁어냈다. 영식이가 작은 소리로 물었다.

"거지는 구해서 뭐하게?"

"떠돌이보단 거지랑 다니는 개가 낫지."

봉구는 입을 다물고 매듭을 자르는 일에 집중했다. 서걱서걱 매듭 자르는 소리가 크게 들렸다. 봉구는 땀이 났다. 매듭이 거의 다 잘려져 나가자 봉구는 손으로 매듭을 뜯어 버렸다. 영식이를 부축해 일으켰다. 두 사람은 약속이라도 한 듯이 침묵한 채 바깥으로 나왔다. 봉구는 몸을 잔뜩 낮추고 주변을 둘러보았다. 보초를 서는 미군들이 입구에 둘 있었다. 봉구는 낮은 보폭으로 철조망까지 기어갔다. 어제 오후 영식이와 싸웠던 지점에 이르렀다. 자신이 홧김에 내리쳐 망가뜨린 철조망 구멍이 지금은 유일한 탈출구였다.

봉구는 몸을 바싹 낮춰 철조망 아래로 기어갔다. 도중에 주머니에 넣었던 식량들이 철조망에 걸렸다. 하는 수 없이 식량들을 모두 빼냈다. 빠져나갔다. 그 뒤로 영식이도 봉구처럼 기어 나왔다. 영식이와 봉구는 구덩이언덕을 향해 냅다 달렸다.

오밤중에 제멋대로 흩어진 판자들과 깊은 구덩이들이 제대로 보이지 않았다. 여기선 영식이가 앞서갔다. 봉구보다도 훤히 이쪽 지리를 알고 있을 터였다. 봉구는 영식이 뒤를 바짝 쫓았다.

봉구와 영식이는 언덕을 넘어 다리에 이르렀을 때 잠깐 멈추었다. 거칠게 숨을 몰아쉬는 봉구를 영식이가 불렀다.

"야! 나 좀 봐라."

영식이가 앞니를 드러냈다. 반쪽만 남았던 앞니가 아예 없었다. 밤보다 시커먼 어둠이 영식이 입속에 있었다.

"내가 웃을 기회를 줄 테니 이번 한 번만 웃어. 그다음엔 웃지 마. 알겠냐?"

"계속 웃음이 나면 어쩔래?"

봉구가 되받아치며 다리를 뛰었다. 영식이가 뒤로 쫓아오며 무어라 중얼거렸다. 봉구는 다리를 완전히 건널 때까지 뒤를 돌아보지 않았다. 이상하리만치 발이 가벼워 달빛을 걷는 기분이 들었다.

작가의 말

1950년 한국전쟁 당시에는 전쟁고아가 무척 많았습니다. 전쟁으로 모든 것을 잃은 아이들은 뿔뿔이 흩어졌습니다. 당시 미군 부대에서는 그런 아이들 중 소년 하나를 선발해 마스코트를 시켰습니다. 마스코트는 부대의 소일거리를 하며 보냈습니다. 구걸할 필요도 없고, 지붕이 있는 안전한 곳에서 잠든다는 점만으로도 아이들에게는 마스코트라는 자리가 매력적으로 다가왔을 겁니다.

미군 부대에선 언제까지고 마스코트를 책임지지 못했습니다. 보통은 부대를 철수하거나 이동할 때 마스코트를 데리고 가지 않았습니다. 마스코트였던 고아들은 다시 길거리에 남겨졌습니다. 일부는 마스코트를 하다가 해외로 입양되었고, 일부는 보육원에 입소했습니다. 그러나 보육원에선 마스코트를 달가워하지 않았다고 합니다. 마스코트 생활을 하며 여자에게 휘파람을 분다거나 험한 말을 하는 등 미군들의 나쁜 습관을 배워 왔기 때문입니다. 어느 쪽이든 부대를 벗어난 소년의 삶은 만만치 않았을 겁니다.

그런데 마스코트와 미군은 서로에게 든든한 존재였나 봅니다. 어떤 마스코트 소년은 자신을 두고 떠난 미군 부대를 찾아 수십 킬로미터를 걸어갔다고 합니다. 그런가 하면 한 미군은 자신의 부대에서 만난 마스코트를 양자로 입양하기까지 했습니다. 마스코트는 부대에서 미군들의 사랑을 받으며 의식주를 안전하게 해결했습니다. 고국을 등지고 낯선 땅에서 복무하는 미군들은 마스코트 소년과 정서적인 관계를 맺으며 외로움을 잊었습니다. 말이 통하지 않는 사람끼리 깊은 정을 나눴던 건, 서로가 서로를 살게 했기 때문이 아닐까 합니다. 역시 사람을 살게 하는 건 사람이 아닐까 하는 생각이 듭니다.

2020년 코로나19 사태가 터지자 사람들은 서로를 돕기 시작했습니다. 익명의 기부자가 늘었고 우리는 '연대'에 대해 이야기하기

시작했습니다. 각박한 시대에 살고 있지만 인간의 선함이 사회를
유지시키는 것 같습니다.

전쟁에 의해 바람에 떠밀리는 낙엽처럼 살아온 한 소년의 이야
기가 힘이 되면 좋겠습니다. 한국전쟁 당시 부모를 잃은 아이에게
는 내일 일을 생각하는 것도 큰 용기였을 겁니다. 앞으로 어떻게
될지 모른다는 불안이 항시 감돌고 있었던 시대였으니 말입니다.
그런 점에선 마스코트 소년의 삶이나 우리의 삶이 크게 달라 보이
진 않습니다.

어려운 시기에 새 삶을 향해 내딛는, 모든 소년의 발걸음을 응
원합니다.

섬, 원추리

문상온 어릴 적부터 이야기를 지어 내는 재주가 있었다. 하지만 책읽기의 재미를 조금씩 알아 가며 뒤늦게 이야기를 지어 내는 것과 스토리를 쓴다는 것이 다르다는 것을 알았다. 방송국 공모전에 당선되었고, 한겨레교육문화센터 어린이책 논픽션 과정, JY아카데미에서 공부를 하며 스토리를 배워 가고 있다.

나는 망루에 올라서서 앞을 바라보았다. 보이는 건 끝없이 펼쳐진 바다와 구름 한 점 없는 하늘뿐이었다. 하늘과 바다는 서로 경계를 구분할 수 없을 정도로 푸르렀다. 내가 있는 이곳은 손바닥만한 작은 무인도지만 봄이 되면 섬 전체가 노란 원추리 꽃으로 뒤덮이는 아름다운 섬이다. 하지만 난 빨리 이 지긋지긋한 곳을 벗어나고 싶었다.

'원추리 섬'이 전략적으로 필요하다는 사령부의 명령으로 이곳에 들어온 지 어느덧 1년이 넘었다. 군 생활의 반을 이곳에서 보냈다. 혹시나 모를 적의 동태를 살피는 특수임무라지만 내게는 망망대해를 바라보며 무료한 일상을 반복하는 유배 생활이나 다름없었다.

해안가에서 무언가 검은 물체가 어른거렸다. 재빨리 쌍안경을 꺼내 들었다. 하지만 그새 검은 물체는 사라지고 보이지 않았다.

간혹 섬에 물범들이 쉬었다 가곤 했기 때문에 대수롭지 않게 여겼다. 나는 곧 망루에서 내려왔다.

정찰대장과 선임하사가 히죽대며 다가왔다.

"꼬마 병장님, 그렇게 바다를 노려본다고 보급선이 온답니까? 아무래도 육지에서 난리가 난 모양이네요. 그러니 나랑 군 생활 좀 더 하고, 어른이 되어서 나가는 게 어때요?"

나는 정찰대장의 재수 없는 농담에 눈을 흘겼다.

"전쟁이 터지면 몰라도 보급선이 안 올 리가 있겠냐? 우거지 인상 그만 쓰고 들어가서 마지막 식사 준비나 해 주세요. 이 말년 병장, 최 병장아."

선임하사가 나의 머리를 쥐어박으며 말했다. 나는 이마에 핏대를 세우며 선임하사에게 빠득빠득 대들었다.

"이거, 민간인에게 무슨 행패십니까?"

"어쭈, 이제 말년이라고 개긴다 이거지? 한따까리 한번 해 볼까?"

나는 속으로 화를 삭이며 얼른 막사로 향했다. 선임하사는 한번 한다면 하는 사람이기 때문이다. 뒤에서 정찰대장과 선임하사의 웃음소리가 내 귓전까지 들렸다. 이들은 어려 보이는 내 외모 때문에 자주 놀리곤 했다. 그런데 제대가 코앞인 날 아직까지 놀려 대다니. 재수 없다.

막사로 들어선 나는 입구에 세워져 있는 고장 난 군용 무전기를 애꿎게 발로 걷어찼다. 무전기가 앞으로 힘없이 쓰러졌다. 무전기는 한동안 작동과 고장을 반복하더니 일주일 전부터 먹통이 되어 나의 화풀이 대상이 되었다. 무전기가 고장이 나지 않았더라면 사령부를 통해 보급선의 출발 여부를 바로 알 수 있었던 터라, 더 미웠다.

나는 한쪽 구석에 놓여 있는 탁자 위에서 새 담배와 지포 라이터를 발견했다. 지포 라이터를 보니 정찰대장의 것이었다. 주저하지 않고 담배를 꺼내 들었다.

"아침 먹은 지가 언젠데 또 밥 달라고 난리야. 식충이, 밥 처먹다 뒈질 놈. 그리고 뭐? 남들은 중학교 다닐 나이에 돈 때문에 군대에 들어온 것도 억울한데, 여기서 군 생활을 더 하라고? 뺀질이, 너나 여기서 뼈를 묻어라."

욕과 신세 한탄이 절로 나왔다. 그리고 손에 든 지포 라이터의 뚜껑을 열었다 닫기를 반복했다. 딸깍거리는 소리가 막사 안을 울렸다. 마음이 조금 진정되는 듯했다. 담배를 다시 담뱃갑에 넣었다. 어른 행세 하느라 정찰대장과 선임하사 앞에서는 피우는 척했지만, 기침이나 나올 뿐 하나도 좋지 않았다. 담뱃갑을 탁자 위에 올려놓고 한손에 쥐어진 지포 라이터를 바라봤다. 지포 라이터를 바지 주머니에 깊숙이 찔러 넣었다. 제대 선물로 챙길 것이다. 정찰대장에게 무조건 시치미를 떼야지.

순간, 눈에 띄는 물건이 또 있었다. 종이쪽지와 통조림이었다.

'최 병장, 말년까지 밥상 차리느라 고생 많았다. 담배와 라이터는 제대 선물이다. 그리고 통조림은 선임하사 선물이야.'

쪽지에는 이렇게 쓰여 있었다. 선물이라니. 나는 손으로 입을 틀어막고 감격했다. 태어나서 누군가에게 선물을 받아 본 적은 처음이었다. 재빨리 방금 전 두 사람을 싸잡아 욕한 것과 지포 라이터를 몰래 챙긴 것을 후회하고 반성했다.

"정찰대장님, 선임하사님."

감격에 겨워 선임하사와 정찰대장을 부르며 막사 문을 열어젖혔다. 그리고 고맙다고 말하려는데, 말문이 콱 막히고 말았다. 눈앞이 캄캄해지고 숨도 턱 막혔다.

눈앞에 펼쳐진 광경을 믿을 수 없었다. 적군 세 명이 부대 입구에 서서 총부리를 겨누고 있었다. 선임하사와 정찰대장도 권총을 겨누고 대치하고 있었다. 말도 안 되는 상황에 너무 놀라 숨조차 내쉴 수가 없었다. 살며시 막사 문을 내려 닫았다.

우왕좌왕하던 나는 제일 먼저 더플백 위에 고이 모셔 두었던 철모를 쓰고 끈을 단단히 고정했다. 그리고 옆에 세워 두었던, 먼지가 내려앉은 소총을 집어 들었다. 떨리는 손을 진정시키며 소총에 탄창을 장전하고 심호흡을 했다. 이를 악물고 막사 밖으로 뛰어나가려는 순간, 바닥에 엎어진 무전기에 발이 걸려 넘어지고 말았다.

그리고 그 순간 앞으로 고꾸라지며 방아쇠가 당겨졌다. 탕. 한 발의 총성과 함께 막사 밖에서 수십 발의 총소리가 들려왔다. 나는 엎어진 채 고개를 처박고 꼼짝하지 못했다.

시간이 얼마나 지났을까? 막사 밖이 조용해졌다. 정찰대장과 선임하사가 걱정이 되었지만, 몸이 말을 듣지 않았다. 눈을 감고 이 모든 것이 꿈이어야 한다고 마음속으로 빌고 또 빌었다. 감았던 눈을 떴다. 꿈이 아니었다. 더 이상 이러고 있을 수는 없었다. 마음을 다잡고 조금씩 몸을 움직여 막사 밖으로 머리를 내밀었다.

선임하사와 정찰대장이 미동도 없이 바닥에 쓰러져 있었다. 가슴이 덜컹 내려앉았다. 귓속에서 이명이 심해졌다. 나는 눈이 빠져라 막사 주위를 살폈다. 적군은 보이지 않았다. 있는 힘을 다해 낮은 포복으로 쓰러진 정찰대장에게 다가갔다. 떨리는 손으로 가슴에 피가 흥건한 정찰대장을 흔들어 봤지만 꼼짝하지 않았다. 정찰대장은 가슴에 한 발의 총상을 입고 절명했다. 나는 흐느끼며 흐르는 눈물을 손바닥으로 닦았다. 건너편엔 적군 두 명도 앞으로 고꾸라져 움직이지 않았다.

옆에 쓰러진 선임하사에게 다가가려고 몸을 일으키려는 순간, 아차 싶었다. 적군은 분명 세 명이었다. 나는 재빨리 총구를 곧추세우고 사주경계를 했다. 눈물 때문에 시야가 흐릿했다. 놈이 어딘가에 숨어 날 노리고 있다고 생각하니 식은땀이 등줄기를 타고 흘러내렸다.

그때, 대나무 숲에서 작은 움직임이 일어났다. 나는 반사적으로 그곳에 조준 사격을 가했다. 탕, 탕, 탕. 총소리와 함께 숲에서 새

한 마리가 푸드덕 하늘 위로 날아 올라갔다. 격발을 멈추자 심장 뛰는 소리가 귀까지 들려왔다. 아주 조금씩 숨을 토해 내며 마음을 진정시키려 애썼다. 그리고 선임하사에게 다가가 몸을 바로 눕혔다. 선임하사는 여러 발의 총상으로 온몸에 피 칠갑을 하고 있었다. 선임하사는 눈을 뜬 채 죽어 있었다.

마지막으로 선임하사의 죽음까지 확인하니 눈앞이 캄캄했다. 아무런 생각도 할 수가 없었다. 마치 영혼이 몸 밖으로 빠져나가 빈껍데기만 남은 것 같았다. 다만 나도 모르는 사이에 마음속으로 빌고 또 빌었다. 어서 빨리 보급선이 오기를. 나는 살고 싶었다.

*

밤하늘에 달빛이 유난히 섬을 밝게 비췄다. 덕분에 섬 정상으로 이어진 유일한 오솔길을 희미하게나마 내려다 볼 수 있었다. 정상 입구에 참호를 만들어 적의 기습에 대비했다. 두려움에 숨고 싶었지만, 손바닥만 한 섬에 숨을 곳이라곤 어디에도 없었다. 살기 위해선 두 눈 부릅뜨고 정신 바짝 차리는 수밖에.

하루 종일 참호를 만들고, 정찰대장과 선임하사의 시신을 수습하고, 망루 옆에 매장하느라 심신이 고단했다. 참호 안에서 경계를 서다 나도 모르게 하품이 나왔다. 깜짝 놀랐다. 이런 절박한 상황에서 하품이 나오다니. 잠시 후, 이번엔 배 속에서 꼬르륵 소리도 났다. 죽은 정찰대장과 선임하사에게 죄를 짓는 기분이 들어 머리에 쓴 철모를 손바닥으로 내리쳤다. 덜컹거리는 철모 소리가 밤새 이어졌다.

이글이글 불타오르는 해가 먼 바다 위에서 모습을 드러냈다. 어둠이 물러나고 다짐했다. 선임하사와 정찰대장에게 죄책감을 느끼지 말자고. 두 분에게 욕을 한 건 잘못이지만 내 욕 때문에 죽은 것이 아니다. 내가 욕을 해서 죽었다면 적군도 내 욕으로 죽일 수 있단 말인가? 그리고 내가 실수로 총을 발사한 것 때문에 교전이 시작된 것도 아니다. 적군이 왜 이 섬에 몰래 들어왔겠는가? 우리를 죽이려고 들어온 것이 아니겠는가. 그러니 내가 실수를 하지 않았을지라도 그들이 먼저 총을 쏘아 댔을 것이다. 이 모든 것은 적군의 탓이다. 나는 나를 괴롭혔던 자책감을 어둠과 함께 날려 보냈다.

참호에서 망루로 올라갔다. 보급선은 아무리 목을 빼고 기다려도 오지 않았다. 섬에 들어온 이후, 한 번도 날을 어긴 적 없던 보급선이다. 더욱이 무전기가 이상이 있음을 알렸기에 반드시 보급선은 들어올 것이다.

초조하게 망루에서 시간을 보내던 나는 무심코 정상 입구에 쓰러져 있는 적군의 시체 두 구를 보고 말았다. 마음이 불편했다. 정상으로 올라오는 길목에 시선을 고정한 채, 시체 쪽으로 다가갔다. 먼저 주변에 흩어진 적의 따발총 세 정을 회수했다. 뭔가 이상했다. 왜, 무기가 세 개지? 잠시 고민했지만 대수롭지 않게 넘겼다.

살덩이가 떨어져 나간 곳에 검붉은 피가 엉겨 붙은 모습이 참혹했다. 썩어 들어가는 시체를 이대로 방치해 둘 순 없었다. 그렇다고 정찰대장과 선임하사의 원수를 매장할 수도 없었다. 하는 수 없이 시체들을 반듯하게 눕히고 눈을 감겨 주었다. 있는 용기를 겨우 짜내 한 일이었지만, 뭔가 부족함을 느꼈다. 재빨리 막사에서 모포를 가지고 나와 그들에게 가지런히 덮어 주었다.

한낮이 되자 따스한 햇볕이 쏟아졌다. 온몸이 나른해지고 피곤이 몰려왔다. 천근만근 무거운 눈꺼풀을 이기지 못해 살짝 눈을 감았다.

으슬으슬 추워져 몸을 부르르 떨다가 화들짝 놀라 눈을 떴다. 소름이 돋았다. 아주 잠시 눈을 감았다 떴을 뿐인데. 사방이 어느새 어두워져 있었다. 얼른 자리에서 일어나 참호 앞을 경계했다. 고요했다. 머리를 참호에 박아 댔다. 철컹거리며 철모에서 소리가 났다. 멍청한 놈 같으니. 참호에 앉아 소총을 껴안고 졸았던 것이다. 깜빡 잠들었다가 영원히 잠들 수도 있다는 생각을 하니 등줄기가 오싹했다.

먼동이 트기 시작했다. 밤새 궁리했던 계획을 실행했다. 나뭇가지로 보초를 서는 허수아비를 만들었고, 철모를 씌우고 군복까지 입혀 놓으니 영락없이 보초병이었다. 거기에 소총까지 끼워 놓으니 제법 그럴싸하게 보였다. 적군이 미쳐서 목숨을 버리려고 하지 않는 이상, 이곳을 쉽게 올라오진 못할 거라고 확신했다. 두려웠던 마음이 조금이나마 누그러졌다.

소총을 등에 메고 참호에서 나와 막사 안으로 들어갔다. 한쪽 구석에 있는 보급 창고를 뒤졌다. 부식은 한 달에 한 번씩 조달받았기 때문에 얼마 남지 않았다. 언제 밥을 해 먹나 걱정하던 순간, 탁자에 올려진 선임하사의 마지막 선물, 통조림이 보였다. 더플백에서 꺼낸 대검과 통조림을 챙겨 재빨리 막사를 나왔다.

막사 옆에 위치한 우물가에서 수통에 물을 가득 채우고 참호로 돌아와 대검으로 통조림을 땄다. 통조림 안에는 미제 고기가 들어 있었다. 짭조름한 냄새가 코끝을 심하게 자극했다. 대검으로 조금씩 미제 고기를 퍼서 맛보았다. 고기를 갈아서 만든 것 같았다. 처음 느낀 강렬한 고기 맛이 살아 있음을 느끼게 해 줬다. 선임하사에게 다시금 감사를 느꼈다. 그리고 혹시나 이 맛있는 걸 여태까지 혼자 먹은 것은 아니었는지 의심하기까지 했다.

아껴 먹으려고 애썼지만 통조림은 금세 바닥을 드러냈다. 수통에 담긴 물까지 비우자 정말 오랜만에 배가 불렀다. 막사에서 모포를 가지고 나와 참호에 아늑한 자리를 마련했다. 이제 느긋하게 보급선만 기다리면 된다. 하지만 보급선은 오지 않았다. 그렇게 하루가 지났다.

날이 밝자마자 망루에 서서 먼바다를 바라보며 하루를 시작했다. 그리고 고장 난 무전기를 망루에 가져다 놓고 앉아서 분해와 조립을 반복했다. 그래도 작동은 되지 않았다. 화가 나서 무전기를 앉은 자리에서 발로 차 버렸다. 열을 식히려고 자리에서 일어났다. 무심코 주위를 둘러보다 그만 깜짝 놀랐다. 간이 떨어지는 줄 알았다. 적군의 시체가 모포와 함께 사라졌기 때문이다. 온 몸에 소름이 확 끼쳤다. 적군이 간밤에 왔다갔는데 아무것도 모르고 있었다니. 허수아비 보초를 눈치챈 것일까? 놈이 마음만 먹었다면 내 목숨도 사라졌을 게 분명했다.

그때, 망루 바로 아래 절벽에 있는 갯바위에서 뭔가 움직였다. 쌍안경으로 자세히 들여다보았다. 내 또래로 보이는 적군이었다. 그런데 그놈은 갯바위에 올라서서 맨몸뚱이로 바다에 뛰어들었다. 갯바위 아래는 수심이 깊은 곳이었다. 그놈은 한 손에 커다란 조개를 들고 수면 위로 올라왔다. 재빨리 소총으로 놈을 조준했다. 지금이 기회였다. 놈을 처리하지 않으면 내 목숨이 위태로웠다. 호흡을 멈추고 신중히 방아쇠를 당겼다. 탕.

놈은 맞지 않았다. 계속해서 자신만만하게 갯바위 쪽으로 헤엄쳤다. 나의 사격 솜씨를 간파한 것일까? 갯바위로 헤엄쳐 올라오는 놈을 조준하여 사격을 했지만, 번번이 놈을 맞히지 못했다. 갯바위 위로 올라온 놈이 이를 드러내며 웃고 있었다. 분명 나를 비웃는 것이다. 화가 머리끝까지 치밀어 올랐다.

"야, 이 새끼야, 지금 날 비웃는 거야?"

"아니, 비웃지 않아. 아무튼 고마워!"

"뭐라고 하는 거야? 새끼야!"

일주일 만에 처음으로 적군과 이렇게 대화를 나눴다.

＊

오늘도 놈이 갯바위에 나타났다. 망루에서 놈을 내려다봤다. 놈은 갯바위에 앉아 커다란 조개를 날로 먹고 있었다. 난 수통의 물을 마셨다. 놈이 날 쳐다보았다. 이런 식으로 평화로운 모습을 보이고 있지만, 난 놈의 속셈을 알고 있다. 방심시켜 놓고 기습을 하려는 간교한 술수라는 걸. 적군이 처음 우리 섬을 기습한 것과 같은 수법인 것이다. 그래서 난 더욱 긴장의 끈을 놓지 못했다. 긴장을 많이 한 만큼 체력을 비축해야만 했다. 막사에 남은 식량을 남김없이 먹어 치웠다.

막사에 있던 물건들을 참호에 쭉 늘어놨다. 참호가 내 생활공간이 되었기에 어쩔 수가 없었다. 참호는 휴식 공간이자, 침실이고, 부엌이었다. 단, 화장실은 망루 아래 비탈로 정했다. 더디게 흘러가던 낮 시간이 갑자기 빠르게 지나갔다. 정찰대장과 선임하사의 더플백을 뒤져 물건을 꺼내기 시작했다. 나는 두 사람에게 좋은 추억은 없었다. 같이 파견되어 온 날부터 날 어린애 취급을 했기 때문이다. 하지만 그리웠다. 망루 옆에 묻힌 정찰대장과 선임하사의 돌무덤을 보니 눈물이 다시금 왈칵 나왔다.

정찰대장의 더플백에서 커피가 나왔다. 커피는 밤에 경계를 설

때 그만이었다. 졸음을 견뎌 내게 하는 묘한 힘이 있었다. 그리고 선임하사의 더플백에서는…. 상상하지 못한 것이 나왔다. 꼬질꼬질한 옷에 감싼 물건을 풀어 보니 도색잡지였다. 상상해 본 적도 없는, 눈을 의심하게 하는, 서양 여자들이 속옷만 입고 있는 음란한 잡지였다. 얼른 잡지를 눈에서 치웠다. 참 시기가 적절치 못할 때 나타난 물건이었다.

한밤중이 되었는데도 달은 밝지 않았다. 배가 고팠다. 보급선이 도착하지 않으면 적의 손에 죽든가, 굶어 죽을 판이었다. 무슨 수를 써야 했다. 수통에 커피 가루를 타서 마시기 시작했다. 씁쓸하면서 약간 시큼하기도 하고 구수한 맛도 났다. 배 속을 커피 물로 그득 채웠다. 배 속이 조금씩 쓰려 왔지만, 낮에 보았던 잡지 속의 음란한 모습이 살짝 떠올랐다. 망할 놈의 잡지 같으니. 생각을 떨쳐 버리려 머리를 내저었다.

어둠이 더 깊어졌을 때, 오솔길에서 미세한 움직임이 보였다. 등골이 오싹했다. 소총을 손에 쥐고 어둠에 조준했다.

아침이 밝아왔다. 몸과 영혼이 분리되는 기분이었다. 부엉이처럼 눈을 동그랗게 뜬 채 총 한번 못 쏘고 밤을 새운 탓이다. 작은 어둠은 이미 물러갔지만, 경계를 풀 수 없었다. 놈은 호시탐탐 나를 노리고 있음이 분명했다. 나는 양손바닥을 비벼 눈을 꾹꾹 눌렀다. 자칫하면 눈알이 튀어나올 뻔했다.

놈의 동태를 살피려고 후들거리는 다리로 망루에 올랐다. 놈은 이미 갯바위에 앉아 뭔가를 먹고 있었다. 쌍안경으로 들여다보니 놈은 노란 원추리 꽃잎을 먹으며 날 바라보고 있었다. 순간, 내 입에서 욕지거리가 튀어 나왔다.

"이 새끼야! 간밤에 어딜 기어올라 와? 너 그러다 진짜 죽는다!"

"어제 자지 않았어?"

"너 같으면 잠이 오겠니?"

"조개하고 노래미 갖다 놨으니까, 그만 징징대고 먹어."

"저 새끼가 뭐라고 떠드는 거야?"

땅, 땅, 땅. 소총을 들고 놈을 향해 사정없이 쏘아 댔다. 놈은 깜짝 놀라 바다로 뛰어들었다.

놈의 말은 사실이었다. 오솔길 중간에 커다란 조개 두 개와 두 뼘 가까이 되는 물고기가 있었다. 참호에 앉아 조개와 물고기를 바라보며 고민했다. 이건 무슨 수작이지? 혹시 독을 탔을까? 조개가 아직도 살아 있는 듯 꿈틀댔다. 입에 침이 고인 상태로 고민에 고민을 더했다. 먹고 죽으나 굶어 죽으나 매한가지였다. 화로에 불을 붙이고 조개와 물고기를 맛나게 구워 먹었다. 배를 채우니 살맛이 났다.

망루에 앉아 놈이 나타나길 기다렸다. 하지만 놈은 나타나지 않았다. 혹시 놈이 총에 맞은 건 아닌지 살짝 걱정이 되었다. 그러다가 오히려 잘된 게 아닌가 하는 생각도 들었다.

그때, 갑자기 바로 아래에서 소리가 들렸다.

"잘 먹었어?"

"깜짝이야."

비명에 가까운 소리를 내질렀다. 놈이 벼랑 아래에 매달려 있었다. 검게 그을린 얼굴에 몸이 차돌같이 다부져 보였다.

"이 새끼가 미쳤나? 어디를 기어올라 와, 너 죽고 싶어?"

소총을 놈의 머리 위에 조준했다.

"다 됐으니까, 잠깐만 기다려!"

놈이 벼랑에 매달려 한 손에 뭔가를 들고 흔들었다. 나는 기겁했다. 벌떼들이 온통 놈의 주위를 감쌌다. 재빨리 망루에서 내려와 참호로 피했다. 그리고 총구를 벼랑 쪽으로 겨눴다.

잠시 후, 벼랑 위로 놈이 기어올라 왔다. 놈의 얼굴은 벌에 쏘여 온통 울퉁불퉁했다. 나는 놀라 입이 떡 벌어졌다.

"괜찮아. 신경 쓰지 마. 소싯적에 벌에 된통 당하고 나서, 아무리 벌에 쏘여도 괜찮더라고."

신경을 안 쓸 수가 없었다. 놈의 얼굴은 도저히 사람의 얼굴이라고 할 수 없을 정도로 퉁퉁 부어올랐다. 적군과 대적하고 있다는 사실을 잠시 잊게 만들 만큼 충격적인 모습이었다. 나도 모르게 조금씩 뒤로 물러났다. 놈은 알 수 없는 것을 반으로 잘라 총을 겨눈 내게 내밀었다. 나는 망설였다. 이게 도대체 무슨 경우인가? 머릿속에서 놈을 쏴 버리라고 외쳐 대고 있었다. 방아쇠에 걸친 손가락에 힘이 들어갔다.

"산 사람은 살아야지 않겠어?"

놈이 당연하다는 듯 말했다. 순간, 맥이 탁 풀렸다. 놈은 정체를 알 수 없는 것이 석청이라 했다. 석청이 뭔지는 모르지만 석청을 받아 들었다. 그러자 놈이 물을 요구했다. 수통에 물을 담아 건네자 놈이 앞으로 물과 식량을 교환하자고 제의했다. 나는 얼결에 고개를 끄덕였다. 놈이 손을 내밀었다. 나도 무의식적으로 손을 내밀어 악수하려다 거둬들였다.

"뭐하자는 거야? 앞으로 하루에 한 번, 낮에 오솔길 중간에서 물과 식량을 교환하는 거야. 밤에 몰래 나타나거나, 갑자기 벼랑으로 기어올라 오면 그땐 진짜로 골로 가는 수가 있어. 알았어?"

"알았다. 나 간다."

"야, 어디로 가는 거야?"

막사로 향해 가는 놈을 붙잡아 오솔길로 안내했다. 놈은 눈이 퉁퉁 부어 앞이 잘 보이지 않는 모양이었다.

*

다음 날, 약속한 오솔길에서 놈을 만났다. 놈의 얼굴은 걱정과는 다르게 멀쩡했다. 놈의 손에는 조개 두 개와 물고기 한 마리, 그리고 빈 수통이 쥐여 있었다. 나는 놈에게 소총을 겨누었다. 놈은 아랑곳하지 않고 손에 든 것을 내게 전했다. 한숨이 나왔다. 하는 수 없이 소총을 바닥에 내려놓고 물이 담긴 수통을 놈과 교환했다.

"너는 왜 총을 안 가지고 다녀?"

놈에게 물어 볼 필요도 없는 말을 꺼냈다. 놈은 그 자리에 앉아 물을 한 모금 마시더니, 나를 물끄러미 쳐다봤다. 그때 머릿속을 맴돌던 의문이 풀렸다. 적군에게 수거한 따발총이 왜 세 정인지. 놈은 총을 버리고 도망친 것이다. 어이가 없었다. 그리고 놈에게 약간의 연민이 들어 한마디 했다.

"야, 몸 다 추슬렀으면 어서 섬에서 꺼져라. 보급선 오면 넌 그 자리에서 바로 죽어."

"보급선은 안 올 거 같은데?"

"이 새끼가 뭐라는 거야? 기껏 생각해 줬더니."

"너, 몰랐구나. 전쟁 난 지 보름도 더 됐는데."

"뭐가 어째?"

깜짝 놀랐다. 최근에 너무 많이 놀라 더 이상 놀랄 일이 없을 줄 알았는데. 자리에 털썩 주저앉고 말았다. 진짜 전쟁이 났다고? 선임하사의 말이 갑자기 떠올랐다. '전쟁이 터지면 몰라도 보급선이 안 올 리가 있겠냐?' 이런 거지 같은 경우가 있나. 억장이 무너지는 기분이 들었다. 제대하면 약속한 돈을 받아야 하는데? 온통 머릿속이 복잡해졌다. 답을 알 수 없는 질문들이 꼬리에 꼬리를 물었다.

"너, 거짓말이면 내 손에 죽을 줄 알아!"

"뭍 쪽보다 여기가 안전할 거야."

"그게 적군이 나한테 할 소리냐?"

놈에게 소리를 빽 질렀다. 짜증이 밀려들었다. 놈이 자리에서 일어나 말했다.

"기분 풀리면 놀러와."

오솔길 아래로 내려가는 놈의 뒤통수를 멍하니 바라만 봤다.

바다만 아무 일 없다는 듯 출렁였다. 세상이 변하고, 섬도 변하고, 나도 변했는데. 하루 종일 망루에 앉아 바다를 바라보며 시간을 죽였다. 이제 나더러 어쩌라는 건가? 울다가 웃다가 화냈다가 악을 쓰며 내가 할 수 있는 모든 감정을 바다에 토해 냈다. 그래도 바다는 끄떡하지 않았다. 될 대로 되라지. 불현듯 놈의 말이 떠올랐다. '산 사람은 살아야지 않겠어?' 옳은 말이다. 이젠 전쟁이 끝날 때까지 이 섬에서 악착같이 살아남을 수밖에 없었다.

오솔길 입구를 벗어나자 바로 해안가가 나왔다. 해안가는 작은 모래사장과 갯바위로 이루어졌다. 놈은 오솔길 입구에 있는 커다란 갯바위에 부서진 나룻배를 걸쳐 놓고 생활하고 있었다. 아마 놈들이 타고 온 배로 보였다. 갯바위 앞에 서서 옆구리에 손을 올렸다. 허리에는 정찰대장의 권총을 찼다. 예전부터 권총을 허리에 차고 싶었다. 폼 나니까. 하지만 진짜 속내는 놈이 언제 돌변할지 몰라서였다.

"왔어?"

놈이 마치 오래된 친구 대하듯 말하며 나타났다. 놈의 손에는 조개와 물고기가 들려 있었다. 놈은 항상 손에 뭔가 먹을 것을 들고 있었다. 다른 건 몰라도 그건 마음에 꼭 들었다. 놈은 다양한 조개와 생선회로 손님 대접을 했다. 나는 나뭇가지들을 모아 지포 라이터로 불을 붙였다. 나뭇가지가 타닥타닥 타들어 갔다. 놈이 지포 라이터를 신기하게 바라봤다.

"그거 뭐야?"

"지포 라이터라는 거야. 바람이 불어도 불이 꺼지지 않아. 만약에 내가 섬에서 먼저 나가게 되면, 너한테 선물로 줄게."

물론 거짓말이지만, 놈은 입을 함지박만 하게 벌리며 좋아했다. 양 미간이 벌어진 눈을 보면 놈은 순수하든가 아님 멍청할 것이다. 놈을 이용하기로 마음먹었다.

"너 계급과 이름, 나이 말해 봐."

"난 강화수 상병. 열여덟 살이야."

"내가 선임이네. 계급으로 보나 나이로 보나. 난 최범석 병장이고, 스물한 살이다. 앞으로 우리가 이 섬에서 서로 잘 지내려면 서열을 정해야 하는 거야."

"거짓말 하는 거 아니야? 어려 보이는데."

"내가 어려 보이는 게 아니고, 네가 늙어 보이는 거야."

화수가 말없이 고개를 끄덕였다. 손을 내밀어 악수를 청하자 화수도 손을 내밀었다.

"우린 이제 서로 적이 아니라, 같은 섬 주민이야. 넌 아랫마을 동생. 난 윗마을 형님. 알았지?"

화수가 다시 고개를 끄덕였다. 모처럼 사람을 마주보며 식사를 했다. 즐겁고 색다른 시간이었다. 나무 꼬치로 꿴 생선을 구워 먹었다. 키조개의 관자라며 화수가 내게 먹여 주기도 했다. 평생 상전을 모시고 살다가 상전 대접을 받으니 기분이 남달랐다.

화수에게 의심스러울 정도로 내게 경계를 푼 이유를 물었다. 화수는 동료의 시신을 수습하려고 몰래 대나무 숲까지 숨어들었다고 했다. 그때 내가 시신에 모포를 덮어 준 것을 보고, 함부로 사람을 해칠 사람이 아니라는 확신이 들었다고 했다. 나도 확신이 들었다. 놈을 경계해야 한다고. 아무도 모르게 대나무 숲까지 침투했다지 않은가.

하지만 놈은 내게 완전히 마음을 열었는지 묻지도 않은 말을 술술 떠들어 댔다. 물고기를 잘 잡아서 발로도 잡는다는 둥, 석청을 먹으면 한겨울에 속옷 바람으로 다녀도 안 춥다는 둥, 자기가 만든 원추리 발효액을 먹으면 세상 근심이 모두 사라진다는 둥, 두서없는 이야기를 쉴 새 없이 떠들어 댔다. 내가 섬에 없었더라면 어쩔 뻔했나 싶었다. 그러다 놀라운 사실을 알게 됐다. 화수는 이 섬에 어릴 적에 자주 왔었다고 했다. 이곳에서 북동쪽으로 배로 반나절 거리에 자기가 살던 섬, 제와도가 있다고 했다. 전쟁이 끝나면 바로 섬으로 돌아갈 거라고도 했다. 내가 자리에서 일어나지 않으면 밤새 이야기하고도 남을 놈이었다.

"동생, 내일 만나!"

화수에게 인사를 하고 황급히 자리를 떴다. 화수도 멀어지는 내게 손을 흔들었다. 막사로 올라가는 내내 화수의 해맑은 얼굴이 잊히지 않았다.

*

오랜만에 밤잠을 푹 잤다. 일말의 불안감이 남아서인지 새벽에 깜짝 놀라 잠시 깨어난 것 말고는 늘어지게 잠을 자고 일어났다. 아무 일도 일어나지 않았다. 앞으로 계속 아무 일도 일어나지 않아야 한다. 참호를 떠나 막사로 거처를 옮겨야겠다고 생각했다.

그동안 참호에서 지낸 살림살이를 다시 막사로 옮겼다. 더플백을 옮길 때, 뒤에서 인기척 소리가 났다. 화들짝 놀라 허리춤에 손을 댔다.

"형, 일어났어?"

"아이, 깜짝이야. 이게 진짜."

허리에 찬 권총집에서 손을 뗐다. 그리고 화수를 노려봤다.

"예의를 지켜. 알았어? 여기 올라올 땐, 미리 먼 곳에서 기침을 하고 '올라갑니다' 이렇게 말해. 알았지?"

화수는 대수롭지 않게 고개를 끄덕이더니 손에 든 걸 내밀었다. 풀잎으로 감싼, 꿈틀거리는 뱀이었다. 헉! 낮은 신음을 토하고 뒤로 물러났다. 이런 미친놈 같으니. 식전 댓바람부터 뱀을 잡아와 내미는 놈이 세상천지에 어디 있단 말인가? 절규하듯 외쳤다.

"왜, 아침부터 뱀인데. 나더러 어쩌라고?"

"통발로 잡은 붕장어야. 끓여 먹으라고. 난 솥단지가 없잖아."

화로에 올려진 솥단지를 열자 김이 모락모락 올라왔다. 얼마 만에 따듯한 국물을 먹어 보는 건가? 화수가 대나무 숲 옆에 널린 깻잎과 닮은 풀잎을 따서 솥단지에 넣었다. 이런 미개한 놈 같으니. 저놈은 손에 잡히는 건 모조리 먹어 치울 놈이다. 나는 솥단지 안에서 끓고 있는 된장을 푼 장어탕 국물을 맛보았다. 이런 세상에! 난생 처음 맛보는 국물이었다.

"화수야, 아까 뭘 넣은 거야?"

"방아 잎 넣었는데. 왜?"

"아, 방아 잎. 그게 여기 있는 줄 어떻게 알고 넣었대?"

"통발 만들려고 대나무 숲에 왔다 봤어."

"아, 통발. 뭐? 대나무 숲에 또 왔다 갔다고, 언제?"

화수는 처음 총격전이 일어난 다음 날부터 매일 한 번씩 몰래 정상 위로 올라왔다고 했다. 소름이 돋았다. 하지만 한편으로 조금 안심이 되기도 했다. 마음만 먹었다면 나를 해칠 수도 있었음이 분명한데 그러질 않았기 때문이다. 묘하게 점점 믿음이 갔다. 화수를 잘 구슬려 함께 살기로 마음먹었다. 적어도 화수와 함께 있으면 굶어서 죽는 일은 없을 거라고 확신했다.

화수에게 커피를 대접했다. 망루에 올라앉아 바다를 바라보며 함께 커피를 마셨다. 처음 커피를 마셔 보는 화수는 누룽지 탄 맛이 난다며 투덜댔지만, 한 방울도 남기지 않고 다 마셨다. 계속해서 화수에게 얻어먹으려면 뭔가 필요했다. 물론, 화수에게 물을 공급해 주지만 그것만으로 부족했다. 먹을 걸 갖다 주는 것에 대한 보답 차원으로 촌놈이 상상해 보지 못한 걸 보여 주기로 했다.

의기양양하게 선임하사의 더플백을 펼쳤다. 사실 나도 음란한 잡지를 처음 발견했을 때 본 후론, 한 번도 본 적이 없었다. 가끔 생각이 나긴 했지만. 어른이 되려면 이런 잡지는 한 번쯤 봐야 한다며 화수에게 도색잡지를 건넸다. 잡지를 펼쳐 든 화수는 벌어진 입을 다물지 못했다. 나도 슬쩍 화수의 어깨 너머로 속옷 차림의 서양 여자를 봤다. 갑자기 화수가 잡지를 덮었다. 그리고 확인하듯 다시 한 번 열어 보고는 버럭 화를 냈다.

"천박하게 이게 뭐야?"

"뭐긴 뭐야, 어른들이 보는 거지."

"이게 뭐가, 어른이 보는 거야? 와, 갑자기 왜 이리 덥지?"

화수가 갑자기 웃통을 벗어 던지고 망루 아래로 내려갔다. 그리고 몸을 날렸다. 30미터나 되는 벼랑 아래로. 바다에 뛰어든 것이다.

망루에서 벼랑 아래를 내려다보고 비명을 질렀다. 화수는 바다 깊숙이 들어갔다. 내가 지금 무슨 짓을 한 거지? 나는 화수를 죽였다. 최근 벌어진, 말도 안 되는 사건 가운데 단연 첫 손가락에 들만했다. 한동안 움직일 수 없었다. 망루에 주저앉아 도색잡지를 멍하니 바라봤다. 저 요망스러운 것이 사람을 잡았구나. 울고 싶었으나 눈물이 나질 않았다. 앞이 막막했다. 나는 잡지를 화로 위에 올려놨다. 요물 같은 잡지를 화형시킬 작정이었다. 지포 라이터를 켰다. 그때였다. 멀리서 화수가 젖은 몸으로 달려오고 있었다.

"형, 그 잡지 좀 잠시 빌리자."

화수는 단지 더워서 몸을 식히기 위해 벼랑 아래 바다로 몸을 던졌다고 했다. 이유야 어떻든 그게 어떻게 가능한 일인지. 나 같으면 뛰어내리는 동안 심장마비로 죽을 것이다. 어릴 적부터 절벽에서 바다로 많이 뛰어내리고 놀았다고 했다. 화수는 말로 표현하기 힘든 놈이었다. 그 후로, 놈은 이틀에 한 번씩 확인할 게 있다면서 잡지를 빌려 갔다. 그런데 그날 이후, 더 이상 잡지를 빌리지 않았다.

그날은 화수가 잡지와 함께 커다란 농어를 들고 올라온 날이다. 해안에 돌을 쌓아 밀물 때 흘러들어 오는 고기를 썰물 때 잡는 독살이라는 방법으로 농어를 잡았다고 싱글벙글하였다. 설레는 마음으로 농어를 우물가로 가지고 가는 화수 뒤를 따라갔다. 그런데 가슴이 철렁 내려앉고 말았다. 놀랄 일은 더 이상 없을 줄 알았는데 그게 아니었다. 화수의 허리춤에 감춰진 대검을 본 것이다. 가슴이 쿵쾅댔다. 놈이 무기를 지니고 나타나기는 이번이 처음이었다. 나는 반사적으로 허리를 손으로 만졌다. 권총은 없었다. 며칠 전부터 무기는 몸에 지니고 있지 않았다. 후회했다. 놈은 함께 있는 적일뿐이라는 사실을 까맣게 잊고 있었다니.

놈이 눈치채지 못하게 재빨리 막사 안으로 뛰어들어 가 침상 머리맡에 둔 권총을 들고 밖으로 나왔다. 화수는 흙이 묻은 농어를 씻고 있었다. 나는 화수의 머리에 권총을 들이댔다.

"그 칼 뭐야, 이 새끼야!"

화수가 서운한 표정으로 날 쳐다봤다. 그리고 허리춤에서 대검을 뽑아 들었다.

"칼 버려!"

화수는 내 말을 무시하고 묵묵히 앉아 농어의 비늘을 치고, 머리를 자르고, 배를 갈랐다. 나는 총을 힘없이 내렸다. 미안했다. 친구가 되려면 서로 신뢰를 해야 하는데 그러질 못했다. 애초에 화수와 친구가 될 생각을 하지 않은 것이 문제였다. 이놈을 이용해 편안하고 안전하게 살고 싶었을 뿐이었다. 농어 손질을 마친 화수가 자리에서 일어나 한마디를 던졌다. 화수의 말이 비수가 되어 내 가슴에 꽂혔다.

"형, 난 우리가 친군 줄 알았는데…."

*

화수가 손질해 놓은 농어들을 혼자 다 먹을 만큼 며칠이 지나도 화수는 막사에 올라오지 않았다. 마음에서 멀어진 화수가 영원히 돌아오지 않을 거 같아 두려웠다. 화수의 빈자리가 조바심을 나게 했고, 배를 고프게 했다. 화수를 친구로 대하지 않은 나의 간악함에 화가 났다. 당장 내려가 화수에게 사과하고 싶었다. 그런데 오후가 되자 바람이 심상치 않게 불더니, 비가 내리기 시작했다.

멀리서 먹구름과 함께 태풍이 몰려왔다. 이곳은 매년 두 번씩 심한 태풍으로 몸살을 앓는 곳이다. 막사를 단속했다. 태풍에 날아갈 만한 것들은 모조리 무거운 돌로 눌러 놓았다. 화수가 걱정이 됐다. 태풍을 온몸에 맞으며 벼랑 아래에 대고 화수의 이름을 불렀다. 내 목소리는 비바람에 묻히고 말았다. 힘없이 막사로 돌아서는데 정상 입구에서 움직임이 일었다. 비바람을 뚫고 화수가 물고기 한 마리를 들고 나타났다. 그리고 내 눈치를 살폈다.

"못 들었어? 난 분명히 '올라갑니다'라고 했는데."

웃음이 나왔다. 서둘러 화수를 데리고 막사 안으로 들어갔다.

화수는 다짜고짜 수통 두 개를 내밀었다. 수통에 물을 채워 주려 받아 들었다. 하지만 수통은 전부 가득 차 있었다. 원추리 꽃, 원추리 어린잎, 석청으로 발효액을 만들었다고 했다. 탁자에 수통을 올려놓고 앉았다. 등잔불을 밝히다 또다시 화수의 허리춤에 대검이 꽂혀 있는 걸 봤다. 하지만 대수롭지 않게 느껴졌다. 화수는 미소를 지으며 대검을 꺼내 들었다. 그리고 손에 든 우럭을 손질하기 위해 밖으로 나갔다.

화수가 사발에 따라 준 발효액을 마셨다. 원추리 꽃의 향기와 향미가 강하게 느껴졌다. 뒷맛은 달콤했다. 한 잔으로 벌써 몸에서 열이 나는 듯했다. 화수에게도 따라 주었다. 주거니 받거니 우럭 회와 함께 발효액을 마셨다. 천막이 비바람에 심하게 흔들려도 전혀 걱정되지 않았다.

"이게 뭐라고, 진짜 취하는 거 같아."

"원추리는 세상 근심을 다 잊게 해 주는 효과가 있대. 그래서 망우초라고 부르기도 하지. 아무튼 많이 마셔. 형은 근심이 너무 많아 성격이…."

"지랄 맞다 이거지?"

화수가 내 말에 웃었다. 발효액을 마시면 마실수록 답답한 가슴이 탁 트였다. 그리고 취했다. 기분이 너무 좋았다. 이렇게 기분이 좋아도 되나 싶었다. 화수가 먼저 가슴에 담아 두었던 이야기를 꺼냈다.

"사실은 나, 동료와 함께 탈영해서 이 섬으로 도망친 거야."

"그게…. 정말이야?"

"난, 사람을 살리기 위해서 도망친 거였는데…. 일이 이 지경이 돼서 가슴이 아파."

"자책하지 말자. 누구의 잘못도 아니야."

가슴이 아팠다. 아까운 목숨들이 스러졌다. 화수는 평화로운 섬에서 자연과 함께 순응하며 살았다고 했다. 그러다 강제로 징집이 되어 자신의 의지와 상관없는 전쟁에 나서게 된 것이다. 나도 내 자신을 되돌아봤다.

"나는 자원해서 대리 입대했는데."

"대리 입대, 왜?"

"왜긴 왜야. 돈 때문이지. 나는 고아로 태어났거든. 고아가 뭔지 알아? 돈이 없으면 자신을 지킬 수 없는 게 고아야. 언제나 외롭지. 아무튼 대신 군대에 가면 돈을 준다고 하기에, 열다섯에 군대 들어왔어."

"뭐가 어째? 와, 어이없네. 어쩐지, 솜털이 뽀송뽀송한 게…."

"아, 됐고. 열일곱이라도 계급이 너보다 높으니까, 나한테 형 소리 들을 생각은 하지 마."

"하하하, 알았다. 누가 형인 게, 뭐 중요한가? 이제 함께한다는 게 중요한 거지."

화수가 웃었다. 나도 따라 웃었다. 가슴속에 묵혀 두었던 말들이 술술 나왔다. 이래서 사람들이 술을 마시나 싶었다. 그런데 이건 진짜 술이 아닌데 왜 취하는지 모르겠다.

"아무튼, 난 전쟁 때문에 망했다. 제대도 못 하고, 돈도 못 받게 생겼고."

"하지만 이제 혼자가 아니잖아. 그러니 외롭지 않을 거야."

화수의 말에 가슴 깊은 곳에서 뜨거운 것이 왈칵 솟아 올라왔다. 눈시울이 뜨거워지는 걸 느꼈다. 수통을 입에 대고 털었다. 마지막 남은 발효액이 몇 방울 떨어졌다. 화수는 조용히 자리에서 일어났다. 그리고 밖으로 나가려 했다.

"어디 가?"

"다 마셨으니, 이제 자러 가야지. 너도 그만 쉬어라."

"태풍이 몰아치는데 미쳤구나. 가지 마. 그거 보여 줄게. 자고 가."

"야, 나 그런 놈 아니야. 그딴 잡지 안 봐도 괜찮아."

화수가 얌전히 자리에 다시 앉았다. 그리고 침상에 있는 선임하사의 더플백을 슬쩍 바라보았다. 나는 웃었다. 하지만 너무나 듬직했다. 외롭지 않았다. 이제 '화수 형'이라 부르기로 마음먹었다.

＊

원추리 꽃과 여린 잎을 따서 반합 통에 담으며 하루 일과를 시작했다. 느껴졌다. 형과 함께 생활하면서 건강해져 가는 내 자신을. 형은 섬을 닮았다. 거짓 없이 순수하게 자연에 순응하면서 살아가고 있었다. 형은 자신의 별명이 물범이라며 내게 바다 수영까지 가르쳐 주었다. 그리고 함께 등목까지 하며 세상 부러울 것 없는 하루하루를 보냈다.

형은 겨우내 먹어야 한다며 석청을 따기 위해 다시 벼랑 위를 기어올랐다. 형을 말릴 수가 없었다. 석청을 섞어 만든 원추리 발효액의 진가를 알았기 때문이다. 앞바다에 상괭이 떼가 지나가는 것을 보았다. 장관이었다. 상괭이 떼를 보는 건 흔치 않은 광경이다. 좋은 징조임이 틀림없었다.

형의 석청 작업이 다 끝날 때가 되었다. 벼랑으로 다가서다 무심코 해안가를 보고 깜짝 놀랐다. 가슴이 덜컥 내려앉았다. 이제 더 이상 놀랄 일이 없을 거라고. 그래야 된다고 빌고 또 빌었건만. 보급선이 온 것이다. 그토록 바라던 보급선이었다. 하지만 이젠 저승사자처럼 느껴졌다.

다급히 벼랑 아래에 대고 형을 나직이 불렀다. 아무런 대꾸가 없었다. 큰일이다. 오솔길에서 인기척이 들렸다. 우왕좌왕거리다 보급선에서 올라온 아군과 맞닥뜨렸다. 아군을 보고 이렇게 놀랄 줄이야. 보급선을 담당하는 김 중위가 나를 보자마자 꾸짖었다.

"세월 좋네, 밖에선 전쟁이 나서 난린데. 새끼가 빠져 가지고."

꿀 먹은 벙어리마냥 입을 다물었다. 등에선 식은땀이 흘렀다.

"너, 그 옷 꼬락서니가 뭐냐고. 이 새끼야."

그제야 군복 대신, 속옷 바람으로 서 있다는 걸 깨달았다.

"시정하겠습니다."

"시정 같은 소리하고 있네. 너네 정찰대장 어디 갔어?"

선뜻 대답할 수 없었다. 조마조마한 마음으로 망루 아래 돌무덤을 바라봤다. 김 중위도 막사 주변을 둘러보다 나의 시선을 따라 멈췄다. 그리고 무덤에 다가섰다.

"이건 뭐야?"

"정찰대장님."

"뭐? 그럼 옆에는 선임하사야? 여기서 무슨 일이 있었던 거야?"

나는 머뭇거렸다. 김 중위는 권총을 빼들었다. 그리고 나를 노려보며 다가왔다.

"빨리 대답 안 해?"

"적군이 왔었습니다. 정찰대장님과 선임하사님은 적군을 사살하시고, 장렬히 전사하셨습니다."

"빌어먹을 개자식들. 빨리 장비 챙겨. 지금 섬을 떠난다."

마음이 급했다. 빨리 떠나자. 빨리 떠나야 살 수 있다. 막사로 향하려는 순간, 벼랑 아래에서 뭔가 툭 하고 올라왔다. 석청이었다. 왜, 하필이면 이때. 조금만 더 있다가 올라왔어도 됐는데. 나는 뒤를 돌아봤다. 김 중위와 참모 두 명이 넋이 나간 채, 벼랑 끝을 바라보고 서 있었다. 잠시 후, 경악하며 그들은 총부리를 겨눴다. 나는 다시 벼랑 쪽을 돌아봤다. 벼랑 아래서 얼굴이 퉁퉁 부은 형이 올라오고 있었다.

벌에 심하게 쏘인 형이 바닥에 쓰러졌다. 김 중위의 주먹에 얼굴을 맞았다. 연이어 김 중위의 군홧발에 차였다. 내가 맞은 것처럼 온 몸이 아파 왔다.

"이름, 계급, 소속. 빨리 안 불어?"

"지금 벌에 쏘여 하나도 안 보이고, 안 들릴 겁니다."

"뭐가 어째? 좋아 그럼, 네가 말해 봐. 이 새끼 뭐야?"

"제… 포로입니다."

"이 새끼가 병장씩이나 처먹고, 정신 못 차려? 지금 전시란 말이야! 포로를 즉결처분한다."

김 중위의 선고를 듣는 순간, 심장이 얼어붙는 듯하다가 이내 빠르게 요동쳤다. 김 중위는 형의 머리에 권총을 들이댔다. 나는 필사적으로 김 중위에게 매달려 애원했다.

"안 됩니다. 살려 주세요. 이 사람은 탈영병이에요. 아무 잘못도 없습니다."

"누군 전쟁 중에 잘못이 있어서 죽는 줄 알아!"

김 중위는 권총 손잡이로 내 머리를 강하게 내리쳤다. 나는 힘없이 앞으로 고꾸라지고 말았다. 정신을 잃지 않으려 애썼다. 머리에서 뜨거운 피가 흘러내렸다. 형이 다가와 나를 감싸 안았다. 이 상황에서 누가 누굴 보호한다고. 하지만 형의 품은 따뜻했다. 이대로 죽어도 괜찮다는 생각이 들 정도였다.

김 중위가 우리를 어이없이 내려다보다 입을 열었다.

"최 병장, 결정해. 네가 적군을 즉결처분하든가, 아님 적과 내통한 혐의로 함께 죽든가."

김 중위의 말을 도무지 이해할 수 없었다. 왜 형이 죽어야 하는지. 무슨 죄를 지었기에. 하지만 지금 상황은 이해했다. 죽이든가, 함께 죽든가. 생각할 시간이 없었다. 내 생애 가장 어려운 결정을 내려야만 했고, 그리고 결정을 내렸다.

김 중위에게 권총을 넘겨받았다. 앞이 잘 보이지 않는 형을 데리고 벼랑으로 갔다. 그리고 떨리는 손으로 형에게 권총을 겨누었다. 하지만 형은 바닥에 떨어진 석청을 주워 흙을 털어 내게 내밀었다. 눈물이 앞을 가렸다. 애써 웃으며 한 손으로 석청을 받아들었다. 웃으며 이별하고 싶었다. 형은 퉁퉁 부어오른 얼굴로 나를 봤다. 형은 웃고 있었다.

"잘 생각해 봐, 형이 갑자기 몸이 더워질 때 어떻게 했는지. 알았지? 이제 총을 쏠 거야. 뒤로 돌아서."

"시간 없다. 빨리 끝내!"

김 중위의 짜증스러운 말이 날아왔다.

"형, 내 진짜 이름은 장도철이야…. 잘 있어."

"어딜 가든, 외롭게 살지 마라."

형이 마지막 말을 남겼다. 나는 이를 악물었다. 떨리는 손으로 방아쇠를 당겼다. 탕, 한 발의 총성과 함께 형이 벼랑 아래로 떨어졌다. 그리고 바다 깊숙이 사라졌다. 난 권총을 쥐고 그 자리에 서서 꼼짝하지 못했다. 김 중위와 참모 두 명이 다가와 벼랑 아래를 내려다봤다. 30미터가 넘는 벼랑은 아찔했다. 참모 한 명이 김 중위에게 고개를 내저었다. 김 중위는 다가와 내 손에 들린 석청을 바라보았다. 그리고 내 손에서 권총을 거두며 무덤덤하게 말했다.

"자책할 필요 없어. 전시 중에는 어쩔 수 없는 일이니까."

김 중위는 참모들과 함께 무기를 수거하고 막사를 떠났다.

막사로 돌아가 벗어 두었던 군복을 입고, 막사 안을 천천히 눈에 담았다. 시선이 선임하사의 더플백을 지나칠 때는 나도 모르게 헛웃음이 났다. 약속대로 탁자 위에 지포 라이터를 가만히 올려놨다. 석청을 안고 막사를 나왔다. 정들었던 물건들은 모두 그 자리에 두었다. 막상 떠나게 되니 섬의 모든 것이 눈에 밟혔다. 마지막으로 망루에 올라 벼랑 아래 있는 바다를 내려다봤다. '죽이든가 아니면 함께 죽든가' 결정하라는 김 중위의 명령을 나는 단호히 거부했다. 함께 살기로 결심했다. 함께 죽는 것보다 더 어려운 결정이었다. 형은 갯바위 어디쯤 숨어 있을 것이다.

나는 보급선에 올라탔다. 섬을 그렇게 떠났다. 멀어져 가는 섬을 바라보았다. 아니, 섬에서 멀어져 가는 나를 바라보았다. 떠나간 것은 내 빈껍데기일 뿐, 영혼은 원추리 섬을 떠나지 않고 남아 있었다.

작가의 말

1950년 6월 25일, 한국전쟁이 일어났습니다. 그 후, 남과 북이 휴전선을 사이에 놓고 한 지붕 두 가족이 된 지 어언 70년이 되었습니다. 2018년 4·27 남북정상회담 판문점선언으로 반목과 질시의 대상에서 미래를 향해 함께 나아가야 할 친구로 자리매김하며 남북통일에 한 발짝 다가선 분위기였지만, 안타깝게도 지금은 정치적인 이유로 다시 제자리걸음을 하고 있는 상태입니다.

이 소설에 등장하는 범석과 화수, 두 소년병의 관계를 보며 지금 우리 남북관계도 별반 다르지 않다고 생각합니다. 그때그때 주변 강대국의 정세에 따라 자신의 의지와 상관없이 남북관계가 수시로 변하기 때문이죠. 비록 분단되어 떨어져 살고 있고 이념과 사상도 다르지만, 남과 북은 한민족이라는 사실에는 변함이 없습니다.

우리는 언젠가 반드시 함께할 때가 온다는 것을 알고 있습니다. 그 시기는 남들이 정해 주는 것이 아니라 우리가 정해야 하는 것입니다. 통일은 남과 북, 우리가 스스로 결정하는 것입니다. 정치적 이유나 강대국의 이해관계에 휘둘려서 눈치를 보며 머뭇거리거나 눈을 감아서는 안 됩니다.

남과 북이 주도해서 통일을 이루려면 어떻게 해야 할까요? 우선 먼저 해야 할 것은 남과 북이 서로 신뢰하며 친구 관계를 계속 이어 가야 합니다. 70년 통한의 역사를 뒤로하고 신뢰 관계를 만드는 일은 결코 쉽지 않습니다. 하지만 어렵다고 머뭇거리다 보면, 평화와 통일은 멀어지고 또 전쟁이 일어날지도 모릅니다.

그래서 앞으로 주역이 될 청소년들은 한국전쟁을 교훈삼아 남북한이 적이 아닌 함께 신뢰할 친구라는 것을 인식해야 합니다.

이 글에 등장하는 소년병은 우리의 과거와 현재, 그리고 미래를 보여 줍니다. 준비된 미래의 주역인 여러분은 소년병사가 아닌, 하나가 된 남과 북의 청소년들로 이 세계의 주인공으로 성장할 거라 굳게 믿습니다.

마지막으로 만약, 여러분이 주인공 범석과 같은 처지에 놓인다면 어떻게 대처할지 매우 궁금합니다.